KB121141

로크미디어가
유혹하는
재미있는 세상

ROK
MEDIA
로크미디어

이것이 삶이다

이것이 법이다 154

2023년 2월 3일 초판 1쇄 인쇄
2023년 2월 8일 초판 1쇄 발행

지은이 자카예프
발행인 강준규

기획 이기헌 왕소현 박경무 강민구 조익현
책임편집 최전경
마케팅지원 이원선

발행처 (주)로크미디어
출판등록 2003년 3월 24일
주소 서울시 마포구 마포대로 45 일진빌딩 6층
Tel (02)3273-5135 Fax (02)3273-5134
홈페이지 rokmedia.com E-mail rokmedia@empas.com

이것이 법이다

154

자카예프 장편소설

로크미디어

CONTENTS

모든 부모에게 사랑이 있는 건 아니다

리지 던컨은 죽을 것 같았다.

그녀는 지난 몇 년간 놀고먹고 즐기는 데에만 익숙해져 있었다. 매일같이 파티를 즐기고 술에 취해서 해롱거렸다. 그렇게 즐기며 살았다.

그런데 어느 순간 추락했다.

"응애응애."

아이는 배가 고프다고 울었지만 리지 던컨은 아이를 달래는 대신에 아이를 향해 유일하게 남은 인형을 집어 던졌다.

다른 건 다 팔았지만 너무 싸구려라 팔리지도 않아서 남은 오래된 인형이었다.

"시끄러! 시끄럽다고!"

자신의 인생을 망친 아이. 자신의 인생을 시궁창으로 처박은 아이.

그게 리지 던컨이 자신의 아이, 조세핀을 보는 시선이었다.

"저 새끼만 아니었어도."

조세핀만 아니었어도 여전히 파티에서 재미있게 놀면서 여러 남자들과 즐기고 다녔을 터였다.

물론 그게 불가능하다는 걸 머리로는 안다. 이제는 나이를 먹어 가고 있고 인기도 떨어지고 있다. 자신에게 남자들을 유혹할 수 있는 다른 백이 있는 것도 아니다.

라이엄 그랜트가 자신을 이용했듯이 자신도 그를 이용했으며, 자신이 용도 폐기 직전이었다는 것 정도는 그녀도 안다.

하지만 그 사실을 받아들이는 건 전혀 다른 문제였다.

"좀 닥쳐! 입 좀 닥치라고!"

하지만 아이는 끊임없이 어머니의 사랑을 갈구하면서 울 뿐이었다.

"젠장, 미치겠네."

원래 여기서 살았던 것도 아니었다.

기존에는 상당히 좋은 아파트를 제공받았다. 주송도의 아이를 임신했다는 사실이 드러나자마자 대우가 바뀐 것이다.

하지만 소송을 시작할 시점이 다가오자 그녀는 이곳으로 내몰렸다. 소송할 때 좋은 곳에서 살고 있으면 의심받는다는 이유에서였다.

이것이법이다

과거에 살던 곳에 비하면 반의반도 안 되는 면적에 수돗물을 틀면 녹물이 흘러나오고, 옆방에서는 마약에 취해서 성관계를 하는 중독자들의 신음이 들려오며 주방의 불을 켜면 커다란 바퀴벌레가 날아서 도망가는 그런 곳.

　"젠장!"

　리지 던컨은 분노로 거의 미칠 것 같았다.

　그리고 그 옆방에서는 하이드 맥핀이 분노한 얼굴로 심호흡하고 있었다.

　"대표님, 이거 경찰에 신고해야 하는 거 아닙니까?"

　"아직은 아니야. 아직은."

　"하지만……."

　"노 변호사님 말이 언제 틀린 적 있나? 아직은 아니야. 상황이 이럴 거라고 노 변호사님이 말했지. 그리고 그게 조만간 터진다."

　하이드 맥핀은 그렇게 말하면서 눈을 감았다.

　양심에 찔렸다. 양심은 아이를 구하라고 하지만, 아직 그럴 수가 없다.

　지금 구한다면 아이는 다시 리지 던컨의 손에 떨어질 것이다. 그 자체가 아이의 미래를 망치는 일이다.

"아무리 노 변호님 말씀이라고 해도……."

"그래서 이 집을 비싼 돈을 주고 구한 것 아닌가? 긴급 상황에 대비하기 위해서."

하이드 맥핀은 깊게 심호흡하고 눈을 뜨며 노형진과 나눈 대화를 떠올렸다.

―돈이 끊어지면 리지 던컨은 아마 조만간 정신적 붕괴 상태가 올 겁니다.

―붕괴요?

―맥핀 씨도 아이를 키워 보지 않으셨습니까?

―네, 그랬지요.

―산후 우울증이라는 것은 생각보다 심합니다. 그리고 리지 던컨은 절대로 그걸 이겨 내지 못합니다.

산모가 산후 우울증을 겪는 경우는 많다.

사실 그건 아주 당연한 일이다.

태어난 지 얼마 안 된 아이는 자지도 않고 울어 댄다, 밤낮도 없이. 그런데 심지어 최소 네 시간마다 아이에게 밥을 먹여야 한다.

이 시기에 부모에게 허락되는 잠은 30분도 안 되는 쪽잠뿐이다.

게다가 그 기간은 100일 가까이나 된다. 오죽하면 그 기간이 지나고 아이들이 밤에 잠을 자는 시기가 오는 때를, 부모들은 100일의 기적이라고 표현할 정도다.

―지금 현재 리지 던컨은 어떠한 케어도 받지 못하고 있
죠. 그러니 산후 우울증이 엄청날 겁니다. 더군다나 리지 던
컨처럼 화려한 삶에 익숙한 사람이라면 더더욱 그럴 겁니다.

이 기간 동안에는 아이와 가족을 케어하기 위해 가족들이
총동원된다.

처가와 외가의 할머니들이 와서 산모와 아이를 케어하고,
법적으로도 남편이 육아휴직을 통해 아이를 키우는 걸 함께
한다.

그럼에도 너무 힘들어 종종 어머니에 의한 유아 살해가 벌
어지는 경우가 있을 정도다.

주변의 도움과 별개로 우울증 자체는 어찌할 수 없는 문제
니까.

그렇다고 우울증 치료제를 먹자니, 아이에게 젖을 먹여야
해서 복용을 못 한다.

그래서 그 대신 외출해서 친구들과 만나 기분을 푸는데,
애초에 낯선 곳에 던져지다시피 한 리지 던컨에게 그런 존재
자체가 있을 리가 없다.

현재 그녀의 부모조차도 그녀의 출산을 모르는 상황 아닌
가?

―더군다나 지금은 코델09바이러스 때문에 대부분의 지역
이 봉쇄된 상황입니다.

그나마 리지 던컨이 있는 도시는 봉쇄되지 않았지만 그렇다고 해서 마음대로 다닐 수는 없는 노릇이다.

당연히 그녀는 지난 몇 달간 집에 갇힌 채로 오로지 아이하나만 바라보며 우울증을 버텨야 했다는 거다.

─더군다나 리지 던컨은 책임감이 있는 타입도 아니고요.

성실하지도 않고 모성애가 강한 타입도 아니다.

만일 모성애가 강한 사람이었다면 다짜고짜 소송하는 게 아니라 일단 아이아버지를 만나서 이야기라도 해 봤을 것이다.

"하긴, 그러면 리지 던컨은 피가 마르겠네요."

노형진의 말에 하이드 맥핀은 고개를 끄덕거렸다.

그도 아이를 키우면서 영혼까지 탈탈 털린 경험이 있으니까.

드림 로펌에서는 많은 지원을 해 주는데도 불구하고 아이를 키우는 데 드는 심력은 어지간한 초대형 사건보다 더 컸다.

─맞습니다. 그리고 그런 경우 아이에게 위협적인 행동을 할 가능성이 높습니다. 그러니 그걸 막아야 합니다.

그 말을 떠올린 하이드 맥핀은 눈을 떴다.

"막아야 한다……."

그 상황을 촬영하는 게 아니라 막아야 한다.

문제는 아동 학대로 신고하는 게 쉽지 않다는 거다.

어찌 되었건 주송도와 드림 로펌은 아이를 두고 리지 던컨과 소송 중인 상황이다. 그 상황에서 신고해 봐야 묵살될 게 뻔하다.

"막고 싶어도 당사자인 이상 우리는 저걸 못 막아."

"끄응…… 그건 알고 있습니다만……."

"그렇다고 해서 이 주변에서 막는 것도 기대하기 힘들지."

아동 학대의 정황이 있다면 주변에서 신고해 줄 수도 있다. 특히나 미국에서 아동 학대는 심각한 범죄라 신고해 준다.

'보통'은 말이다.

"하지만 노 변호사님의 말대로 여기서는 신고해 줄 사람이 없지."

하이드 맥퓐은 눈앞을 빠르게 지나가는 커다란 바퀴벌레를 보며 눈을 찌푸렸다.

"마약쟁이, 도박꾼, 범죄자, 사기꾼 등등."

"아무리 소송에서 이기기 위해서라지만 이건 너무하네요."

라이엄 그랜트는 소송에 들어가기 전 리지 던컨을 여기로 데려다 놨다.

당연하다. 그래야 주송도가 아이를 방치했다고 뒤집어씌울 수 있으니까.

"지독하네요. 돈만 있다면 아이는 어떻게 되든 상관없다 이건가요?"

"그들에게 있어서 아이는 도구일 뿐이지."

하이드 맥퓐은 쓰게 웃었다.

"어찌 되었건 계속 감시하게. 그나마 다행인 건 여기는 터무니없이 벽이 얇다는 거군."

벽 너머에서 리지 던컨의 분노가 그대로 들려온다.

"과연 애가 괜찮을지 걱정이군."

불안감이 하이드 맥핀을 감싸고 돌았다.

하이드 맥핀이 떠나고 4일 뒤.

리지 던컨의 옆방에서는 드림 로펌의 직원들이 그녀를 감시하고 있었다.

굳이 카메라를 설치하거나 할 이유도 없었다. 워낙 방음이 안 되는 터라 벽에 마이크만 설치해도 벽을 넘어 리지 던컨이 아이에게 퍼부어 대는 저주와 분노가 끊임없이 들려와 그대로 녹음될 정도였던 것이다.

하지만 작은 실수라도 하지 않기 위해 그들은 최대한 소리를 낮추고 밀린 서류를 처리하거나 가지고 온 책을 보면서 시간을 보냈다.

"음?"

늦은 밤. 교대를 마치고 책을 보고 있던 직원 한 명은 문득 이상하다는 생각이 들었다.

조용한 밤이었다. 주변에서도 아무런 소리도 들리지 않는 그런 밤.

"어어, 음……."

뭔가 이상하다는 생각을 하던 그는 옆에서 자던 직원을 발로 툭 쳤다.

"샘슨, 일어나 봐요! 샘슨!"

"응? 뭐야, 벨라. 아직 교대 시간도 아니잖아."

눈을 찡그리면서 일어난 샘슨은 벨라라고 불린 여자에게 짜증을 냈다. 그러나 벨라의 얼굴은 심각했다.

"샘슨, 혹시 아이가 언제 울었는지 알아요?"

"뭔 소리야?"

"오늘 너무 조용하잖아요. 내가 근무하는 동안 애가 울질 않았는데."

"그게 뭐? 자나 보지."

샘슨의 말에 벨라는 고개를 흔들었다.

둘 다 미혼이지만 그래도 벨라는 아이에 대해 좀 더 알고 있었다.

"맥핀 대표님이 그랬잖아요, 아이는 네 시간마다 한 번은 울 거라고. 제 경험도 그렇고요."

"뭐야? 애 있냐?"

"언니네 아이요, 언니네. 저도 조카를 봐준 적 있거든요. 진짜 신생아 때는, 네 시간이 뭐예요. 30분만 자도 소원이 없는데."

그녀는 힘들어하는 언니를 위해 잠깐 아이를 봐준 적이 있었다.

아이는 쉴 새 없이 먹고, 싸고, 뭐라도 불편하면 득달같이 울어 댔다.

그래서 그녀는 하이드 맥핀이 했던 말을 동료인 샘슨보다 훨씬 더 쉽게 받아들일 수 있었다.

말로 아무리 들어도 한번 겪어 본 것만 하겠는가?

더군다나 그녀의 언니는 애가 둘이다. 당연히 그녀는 몇 번이나 애들을 봐준 경험이 있다.

"나 지금 근무한 지 세 시간 지났는데 애가 운 적이 없어요. 언제 울었어요?"

"어? 나 때…… 잠깐만……. 그러니까…… 내가 근무할 때는 안 울었네?"

샘슨은 기억을 더듬다 말했다.

그의 근무시간에도 아이는 울지 않았다.

이곳은 현재 여덟 시간 근무를 기반으로 3교대로 돌아간다.

한 명은 대기, 한 명은 감시, 한 명은 퇴근.

두 사람이 근무한 시간을 합하면 열한 시간.

그 긴 시간 동안 100일도 안 된 아이가 한 번도 안 울었다?

"어…… 잠깐."

샘슨도 이상함을 느끼고는 퇴근한 직원에게 전화했다. 그리고 그의 얼굴이 삽시간에 굳었다.

"얘도 우는 걸 못 들었다는데?"

"그러면 무려 열아홉 시간이나 애가 안 울었다고요?"

"그럴 리가 없지!"

두 사람의 등줄기에 소름이 돋았다.

3교대니까, 지난번 시간에 벨라가 운 걸 들은 게 마지막이라는 소리다.

"그게…… 그러니까……."

감시 업무를 시작하고 대략 중반쯤이었다. 그러면 못해도 네 시간은 울지 않았을 테니.

"스물세 시간?"

이건 비정상이다. 극단적으로 비정상적인 상황이다.

"어디 나간 걸까?"

"그럴 리가 없잖아요."

리지 던컨은 철저히 감시 중이다. 그러니 그녀가 몰래 나갔을 리는 없다.

설사 나갔다고 해도, 그녀는 돈도 없고 갈 곳도 없다.

재수 없게 코델09에 걸리지 않으려면 집에 죽은 듯 있어야한다.

"마더 퍼커!"

샘슨은 직감적으로 어떤 일이 터졌다는 걸 느꼈다.

아이가 울지 않는다. 그리고 온 집이 조용하다.

"경찰에 신고해야 하나?"

"뭘로요?"

집이 너무 조용하다고 신고할 수는 없다.

여기는 슬럼가. 진짜로 중요한 일이 아니면 경찰도 들어오는 걸 꺼리는 지역이다.

샘슨은 벨라의 말에 핸드폰을 들며 말했다.

"사실대로 말해야지."

"사실대로요? 그런다고 경찰이 올까요?"

아무리 드림 로펌의 권력이 강해졌다고 해도 선이라는 게 있다.

미국은 개개인의 구역을 보호하려는 의지가 강하다.

한국에서는 집 안에 들어온 도둑을 때려죽이면 살인죄로 처벌하지만 미국에서는 쏴 죽여도 자기방어를 인정해 처벌하지 않는다.

무단으로 들어왔다면 범죄가 목적일 가능성이 높은데, 나라가 미국이다 보니 총기를 휴대했을 수도 있기 때문이다.

실제로 강간을 목적으로 집에 무단 침입한 범인들을 미혼모가 샷건으로 쏴서 그중 한 사람을 죽였는데, 만장일치로 무죄 판결이 내려졌다.

범인들이 왜 들어왔는지는 중요하지 않았던 것이다.

위협이 되었고, 퇴거 명령에 거부한 것이 중요할 뿐.

"우리가 밀고 들어가기는 위험한데요."

무단으로 들어갔다가 샷건이라도 맞으면 자기들만 죽는 거다.

거기다 리지 던컨이 그걸 빌미로 아이를 빼앗으려고 했다는 말도 안 되는 주장을 할 수도 있다.

"거짓말만 하지 않으면 되는 거지."

하지만 샘슨은 방법이 있는지 전화를 걸고, 경찰에 빠르게 상황을 설명했다.

"드림 로펌의 샘슨 변호사입니다. 현재 저희 증인이 스물네 시간 동안 연락이 두절된 상태입니다. 위치가 롱스톤가 30번지에 위치한 아파트 703호입니다."

그 말에 경찰은 바로 출동하겠다고 했고 벨라는 샘슨의 기지에 탄성을 질렀다.

"그러네요. 거짓말한 건 아니네요."

"그렇지."

아이는 분명 주요 증인이다. 그리고 보호 대상이다. 그리고 최소 스물네 시간 동안 접촉이 이루어지지 않았다. 아이의 접촉 수단은 울음이니까.

"그리고 여기는 슬럼가니까."

미국은 위험한 나라다. 주요 증인의 대가리에 총질하는 게 딱히 이상한 일도 아닌 그런 나라.

특히 슬럼가는 그런 일이 비일비재하다. 그런 상황이라면 경찰이 출동하지 않을 수 없다.

"다른 쪽에 바로 전화해. 혹시 모르니까 구급차를 부르고."

"네!"

경찰은 금방 도착했다.

두 사람은 마치 방금 온 것처럼 입구에서 서성거리다 그들을 반겼다.

"여깁니다."

"증인과 연락이 안 된다고요?"

"네."

"잠깐만 비키세요."

경찰은 문을 쾅쾅 두들겼다.

"경찰입니다. 문 여세요!"

하지만 안쪽에서는 아무런 소리도 들리지 않았고, 몇 번이나 두들겨도 반응은 없었다.

"문을 부숴야겠네요. 해머 가져와."

다른 경찰이 차량의 해머를 가지고 왔을 때, 마침 구급대도 도착했다.

"혹시 몰라서 불렀습니다."

"잘했습니다."

증인이 위독하다면 분초를 다투는 싸움이 될 테니까.

"부숴!"

돌입용 망치로 문을 부수기 시작하는 경찰.

그 모습을 지켜보며 벨라는 입술을 깨물었다.

'제발 아무 일도 없기를.'

하지만 그 가능성은 높지 않다.

아이들은 예민하다. 초인종 소리, 벨 소리 하나에도 울어 젖힌다. 그래서 부모들은 걷는 것조차도 조심스러워한다.

그런데 이런 커다란 소리에도 반응이 없다? 그건 극도로 비정상적인 상황이다.

쾅!

문이 부서지자 그들은 빠르게 집 안으로 들어갔다. 그러나 여전히 안쪽에서는 아무런 반응이 없었다.

벨라는 다른 사람들보다 먼저 빠르게 아이 방으로 향했다. 그리고 침대에 누워 있는 아이의 상태를 확인했다.

아이는 이 난리 중에도 꼼짝도 하지 않고 있었다.

"아이는?"

"괜찮은 것 같아요. 숨은 작게 쉬고 있어요."

정확하게는, 숨만 겨우 쉬는 느낌.

그때 뒤따라 들어온 구급대원이 다가와서 아이의 상태를 확인했다. 그러더니 눈을 찡그렸다.

"맥박이 너무 약합니다. 당장 병원으로 가야 합니다."

"네?"

"도대체 무슨 일입니까?"

"자세한 건 나중에 말할게요. 일단 병원으로."

"가장 가까운 병원이 베이 종합병원입니다."

구급대원은 그곳으로 간다고 말하고는 아이를 데리고 다급하게 나갔다.

그때 안쪽에서 리지 던컨이 질질 끌려 나왔다.

"증인이……."

"증인은 이 여자가 아니라 아이입니다."

그렇게 말한 샘슨은 경찰에게 끌려 나오는 리지 던컨의 모습을 보고 눈을 찡그렸다.

완전히 풀린 눈, 흐느적거리는 다리, 외부의 자극에도 전혀 반응하지 않는 모습.

그걸 보는 순간 단숨에 어떻게 된 상황인지 이해되었다.

"마약을 했군."

"침대 옆에서 마약이 발견되었습니다."

"미친년."

마약에 취했으니 당연히 그 난리 통에도 못 일어난 거다.

"아이 용품을 팔아서 한다는 게 고작 마약이라니."

침실로 들어가서 주변을 본 벨라는 눈을 찡그렸다.

침실 여기저기에 고가의 명품이 쌓여 있는 게 보였다.

"일단 저희는 병원으로 가겠습니다. 여기는 어떻게 해야 하나요?"

"음, 혹시 모르니 경찰에서 내부 고가 물품은 회수하겠습니다."

문은 박살 났고 감시인이나 경호원은 없는 상황.

경찰이 폴리스 라인을 쳐 두기야 하겠지만 그런다고 도둑이 들지 않을 리는 없었기에 내린 결정이었다.

⚖️

"어이가 없군."

하이드 맥핀은 기가 질렸다는 듯 말했다.

리지 던컨이 아이를 학대할 거라 예상은 했지만⋯⋯.

"영양실조?"

"네."

"미친년."

전화를 받고 다급하게 병원으로 온 하이드 맥핀의 입에서 저절로 욕이 나왔다.

아이를 얼마나 방치했으면 영양실조가 왔단 말인가?

아이가 울지 않은 이유는 간단했다. 더는 울 힘조차도 없었던 거다.

울어도 울어도 누구도 보호해 주지 않는 상황이니 아이는 그저 힘없이 누워서 죽음만을 기다리고 있었던 것.

"저희는 폭행만 생각했는데……."

"나도 그랬다."

그런데 애를 방치해서 굶겨 죽일 뻔할 줄은 몰랐다.

아무리 학대를 한다고 해도 밥조차 주지 않는 경우는 드물다.

더군다나 아이를 핑계 삼아서 양육권을 요구하는 상황인데 이 정도로 방치할 줄이야.

"일단 아이는 아동보호국에서 나와서 케어할 겁니다."

"그래야지."

미국의 아동보호국의 권한은 엄청나다. 한국의 경찰처럼 출동한 후에 아이를 두들겨 패는 걸 말리는 선에서 끝나거나 강간한 부모에게 돌려보내는 것 같은 상황은 꿈도 꿀 수 없다.

일단 학대한 정황이 포착되면 아이와 부모는 무조건 격리되고, 아이를 되찾아 가기 위해서는 재판을 통해 아동 학대가 아니며 아이를 키울 수 있는 능력이 된다는 걸 입증해야 한다.

"하지만 이번에는 힘들겠지."

돈도 없고, 무엇보다 학대 정황이 너무 뚜렷하다. 영양실조는 하루 이틀 만에 오는 게 아니니까.

더군다나 드림 로펌에서 녹음한 파일도 있다.

"양육비 소송에서도 유리해지겠네요."

"그래."

아이 물건을 팔아서 마약을 하는 애엄마에게 아이를 맡길 판사는 최소한 미국에는 없다.

"일단 아이에게는 최고의 케어를 해 주게. 비용은 일단 드림에서 내는 걸로 하고."

"알겠습니다."

샘슨이 나가자, 하이드 맥핀은 바로 전화기를 들었다. 그리고 노형진에게 전화를 걸었다.

시차 덕분에 다행히 노형진은 일하고 있었다.

─오, 맥핀 씨. 이 시간에 어쩐 일이세요? 거기는 새벽일 텐데.

"리지 던컨이 큰 사고를 쳤습니다."

─사고요?

"애가 죽을 뻔했습니다. 영양실조라고 하더군요."

─미친!

노형진도 깜짝 놀랐다. 그도 영양실조는 생각하지 못했던 것이다.

하긴, 아기가 밥 먹는 걸 감시할 방법이 없기는 했다.

─아이는요?

"일단 병원에 입원시켰습니다. 심각한 영양실조이기는 하지만 그래도 목숨에는 지장이 없답니다. 다만 당분간은 계속 병원에서 케어해야 할 거랍니다."

─그래야지요. 일단 리지 던컨과는 격리시키겠군요.

"그럴 겁니다."

—아이를 병원에 오래 두지는 못할 테니까, 우선 법원의 허가를 얻어서 아이를 케어할 만한 공간을 확보하고 당분간 보호해 줄 사람을 구하세요. 주송도 씨가 양육 소송 중이니 주송도 씨 이름으로 신청하면 허가가 날 겁니다.

"그렇게 하겠습니다."

병원에 오래 두고 싶지만 그럴 수도 없다.

미국의 병원은 코델09바이러스로 인해 거의 가득 찬 상황이고, 간호사들 입장에서도 넘쳐 나는 코델09바이러스 환자들이 우선이다.

영양실조의 경우는 그냥 아이에게 영양제를 놔주면서 제시간에 끼니를 챙겨 주는 식으로 돌봐야 하는데, 현재 미국의 병원 상황을 보면 그렇게 하는 데에 한계가 있을 게 뻔하다.

—리지 던컨은 어떻게 되었습니까?

"마약에 찌들어서 현재 구치소에 있습니다."

—마약요? 음…… 일단 이번 육아 소송에서는 이기겠군요.

"그럴 겁니다."

리지 던컨은 아마 유전자 검사만 하면 쉽게 이길 거라 생각했을 거다.

실제로 그건 틀린 말은 아니다.

대부분의 경우 양육권은 아버지보다는 어머니에게 주는 게 일반적이니까.

이것이 법이다

하지만 이 정도 일이 터지면 절대 주지 않는다.

일단 마약을 하는 경우에 아이의 양육 비용이 모조리 마약으로 가는 경우가 너무 많기 때문이다.

─리지 던컨이 멍청한 짓을 한 덕분에 소송은 쉽게 가겠네요.

하긴, 마약은 하지 않기를 기대한 게 바보 같은 일일 수도 있다.

슬럼가에서 자라 온 예쁜 여자. 그런 여자를 마약을 이용해서 꼬시는 건 흔한 일이다.

더군다나 파티걸로 몇 년을 살아왔다.

모든 파티가 깨끗한 건 아니다. 그중에는 자기들끼리 마약을 하는 파티도 있으니까.

심지어 약쟁이 파티라는 이름으로 마약을 하기 위해 개최되는 파티까지 있으니 마약을 할 가능성이 높다.

"네. 하지만 끝난 건 아닙니다."

─라이엄 그랜트 말이군요.

"네."

라이엄 그랜트. 그놈은 자신의 선수를 위해 주송도를 몰락시키려고 했다. 그런데도 그냥 놔둔다?

그러면 또 그런 짓을 할 거다.

애초에 이런 짓이 처음도 아닐 테고.

그럴 때 과연 드림 로펌에서 막을 수 있을까?

힘들 수도 있다.

당장 돈을 원하는 외부 세력이 임신이라는 방식으로 공격하는 범죄가 있을 가능성조차도 인식하지 못하고 있었던 게 바로 미국의 법률계다.

여자가 임신을 통해 수익을 얻기 위해 개인적으로 수작을 부리는 것과 범죄 조직이 목적을 위해 그러는 건 전혀 다른 문제다.

'이런 사건이 한두 개도 아니니까.'

미국은 부자 국가다. 그리고 이런 일은 생각보다 흔하다.

─우리가 모든 사건을 다 커버할 수는 없겠지만 그래도 의심스러운 상황이 여러 가지가 있겠군요.

노형진은 확신을 가진 듯 말했다.

이렇게 치밀하게 함정을 파는 인간들이 과연 처음일까?

"맞습니다. 라이엄 그랜트와 드래곤 에이전시가 그들만의 힘으로 이런 방법을 쓰는 건 사실 힘든 일이기도 하고요."

하이드 맥핀 역시 노형진의 말에 동의했다.

대부분의 소송에서 싸움 자체는 사실 간단하게 끝난다.

미국 법원의 판결은 간단하다. 싸질렀으면 책임져라.

그에 대해서는 노형진도 반대 의견이 없다.

하지만 서로 합의를 통해 관계하고서 뒤통수를 치는 건 전혀 다른 문제다.

그런 경우 불리한 건 남자다. 대부분의 사건은 어마어마한 배상금과 양육비를 주면서 끝난다.

"그걸 막을 수 있다면 우리에게 제법 큰손님들이 많이 생길 겁니다."

주송도만의 문제가 아니라 모든 성공한 남자들이 두려워하는 일이니까.

그리고 그러기 위해서는 단순히 방어만 성공해서는 부족하다. 다시는 건드리지 못하도록 보복하는 모습도 보여 줘야 한다.

그런 꼴을 당한 남자들이 과연 분노하지 않을까? 그들의 분노를 해소시켜 주는 모습을 보여 줘야 그들이 드림으로 올 거다.

"드림 로펌의 성장을 위해서라도 그를 몰락시켜야 합니다."

그렇게 라이엄 그랜트의 미래가 결정되었다.

유전자보다는 과정

하이드 맥핀은 노형진의 말을 곱씹으면서 앉아 있었다.

'왜 그 생각을 못 했을까? 하긴, 나뿐만 아니라 대부분 비슷했던 것 같은데.'

유전자 검사 결과 유전자가 맞으면 친자식이라고 판단한다.

그 후에는 변호사가 할 수 있는 게 거의 없다.

아니, 그렇게 생각했다.

'임신 과정이라니, 허허허.'

물론 임신 과정은 섹스다.

하지만 남자는 콘돔을 사용했다고 주장하고 여자는 안 했다고 주장한다.

대부분의 경우 여자가 이긴다. 콘돔을 사용했다는 증거를 찾을 수 없으니까.

－하지만 임신은 그렇게 쉽게 되지 않습니다.

노형진이 했던 말.

일단 콘돔 내부에 정액이 있다고 해도 그걸로 임신하는 건 전혀 다른 이야기라는 거다.

정액이 있다고 해서 다 임신이 가능한 건 아니다.

여성의 몸에서는 남성의 정액도 이물질이라 방어를 위한 온갖 시스템을 거쳐야 한다.

거기다 정자도 에너지가 필요하다. 당연히 시간이 지날수록 정자의 활동력은 떨어진다.

그러니 정자가 들어 있는 콘돔을 어찌어찌 빼돌렸다고 해도 그걸 이용해서 임신에 성공할 가능성은 기하급수적으로 떨어지는 것이다.

'임신이란 말이지…….'

그러면 그 상황에서 사용할 수 있는 방법은 뭘까? 바로 시술을 통한 착상이다.

노형진은 바로 그 부분에 집중했다.

주송도의 말에 따르면 리지 던컨과 관계한 후에 헤어진 것은 다음 날 아침이라고 했다. 그러니까 최소한 여덟 시간은 지났다는 거다.

이것이 법이다

그리고 그 시간이면 정자의 활동성은 급격하게 떨어졌어야 정상이다.

그런 경우 단순히 정액만으로는 임신하지 못한다.

'천재는 다르다 이건가?'

조금만 공부하면 나오는 내용이다. 아니, 고등학교 성교육 시간에 졸지만 않아도 알 만한 내용이다.

그런데 그걸 다 잊어버리고 그냥 유전자 기록을 보고 합의나 하자고 하고 있었던 것.

"그러니까 노 변호사님은 병원에서의 시술을 통해 착상에 성공한 거라고 생각한다 이거군요."

"그래, 맞아. 시간상 관계 이후에 정자를 통해 바로 임신하기에는 가능성이 너무 낮다 이거지."

"확실히……."

"산부인과 의사는 뭐라고 자문해 주던가?"

"일단 정자의 90% 이상은 방어형이라고요. 10%만 임신이 가능하다는 건데……."

"그건 또 뭔 소리야?"

"간단하게 말하면, 사정 이후에 쓸 수 있는 정자는 총 정자 수의 10% 이하라는 거죠. 그게 타인의 정자를 막아서 자기네 유전자의 잉태 확률을 높이는 용도라는데, 하여간 좀 복잡합니다."

"뭐가 그렇게 복잡한지. 어찌 되었건 그게 쉽지 않다는 거지?"

"네."

그 말에 하이드 맥핀은 턱을 문질렀다.

"그러면 리지 던컨이 병원에서 착상받았을 가능성이 높다 이거군."

"불가능한 이야기는 아니라고 생각합니다. 아시다시피 이런 정보는 아주 조심스럽게 취급됩니다. 병원을 특정하고 영장을 가지고 가지 않는 이상 얻을 수가 없는 정보니까요."

한국에서조차도 이런 불임 시술에 대한 의료보험이 적용된 지 얼마 되지 않았다.

즉, 의사나 병원은 환자의 정보를 정부 기관에 올릴 이유가 없다는 거다.

한국마저 그런데 하물며 미국은 아예 그럴 의무 자체가 없다.

의료가 민영화된 데다가 이런 걸 보험에 집어넣지도 않으니까.

당연히 불임 시술은 각자의 현금으로 해야 하니 그 정보를 얻을 수 있는 방법은 없다.

"아마 그게 가장 큰 문제일 겁니다."

법원도 그렇고 경찰도 그렇고, 사건 초기에 불임 시술을 받았다는 사실을 증명할 방법이 없다.

이런 걸로 의심스럽다고 영장이 나오지도 않을 게 뻔하고, 모든 병원에 대한 영장이 나올 가능성은 제로다.

"그러면 그 상황에서 우리의 대응책은?"

하이드 맥핀의 질문에 다들 꿀 먹은 벙어리가 되었다.

"없나?"

"솔직히 말씀드리면 현재 법률 시스템상 우리가 의료 정보에 접근할 수는 없습니다. 리지 던컨이 병원을 말해 줄 리도 없고요."

병원을 말해 주면 그곳을 특정해서 소송할 수는 있다. 하지만 자기가 망할 걸 알면서 과연 알려 주겠는가?

"역시 다들 그런 생각이군."

혀를 끌끌 차는 하이드 맥핀.

"대표님은 방법이 있으십니까?"

"나보다는 우리 투자자님께서 생각이 있으시더군."

"노 변호사님이요?"

"그래."

"아니, 이건 어디까지나 민사 건 아닙니까? 이걸로 영장을 청구하지는 못할 텐데요."

"그러니까 우리가 민사로 압박하면 되지 않나?"

"네?"

"우리라고 양육비 청구 소송을 못 하지는 않을 텐데?"

"받을 게 얼마나 된다고요."

"리지 던컨은 거지입니다. 돈 한 푼 없습니다만?"

"중요한 건 그게 아니지."

하이드 맥핀은 눈을 번뜩거렸다.

"그 여자가 코너로 몰려서 입을 여는 게 중요한 거지."

리지 던컨은 구치소에 있었다.

마약에 취해서 아이를 굶겨 죽일 뻔했기에 아동 학대 혐의를 벗을 수는 없었던 그녀는 완전히 코너에 몰려 있었다.

"젠장, 젠장…… 망했어…… 망했어."

마약에 취했다가 정신을 차려 보니 구치소였다.

아동보호국에서는 이미 아이를 데리고 간 상황이었고, 변호사는 더 이상의 양육비 청구 소송은 무의미하다면서 사임해 버렸다.

아무리 자신이라고 해도 이건 못 이긴다면서 말이다.

마약이야 어찌어찌 방어해 보겠는데 아이를 굶겨 죽일 뻔한 건 현행 미국의 법률상 명백한 아동 학대고 실형을 피할 수가 없다는 거다.

"망했어. 난 망했다고."

그녀도 슬럼가에서 살아 봐서 안다.

아이를 건드리는 건 범죄자들 사이에서도 최악의 죄다.

아동 성범죄자는 감옥에 가면 처벌 대상이 아니라 보호 대상이 된다. 사람을 수십 단위로 죽인 갱단원도 아동 성범죄자는 죽여야 한다고 호시탐탐 기회를 노린다.

그건 여자 감옥도 마찬가지.

아니, 여자 감옥은 더하면 더했지 결코 덜하지는 않다.

남자 감옥에서 아동 범죄는 사회적으로 지탄받는 범죄 정도로 취급되지만, 여성 감옥에서는 모성과도 연관되어 있다고 여겨져 결코 좋은 대우를 해 주지 않는다.

물론 범죄자가 죄목을 숨길 수 있다면 좋겠지만 간수들이 죄수의 죄목을 슬쩍 흘리는 경우가 많다.

직접 손대지는 못하니 다른 죄수의 손을 이용해서 혼쭐내 주려는 거다.

"망했어."

그녀가 그렇게 완전히 포기하고 있을 때였다.

생각지도 못한 곳에서 구원의 동아줄이 내려왔다.

"뭐라고?"

"임신 시술한 곳, 어딥니까?"

"뭔 미친 소리야? 주송도 그놈이랑 섹스했으니까 애가 나왔지."

"진짭니까? 그러면 방법이 없군요. 최대 형량으로 받으세요."

하이드 맥핀은 비웃음으로 가득한 얼굴로 말했다.

"우리는 당신한테 살 기회를 주려는 겁니다. 여기서 나가면 양육비 청구 소송이 기다릴 테니까 한번 기대해 보세요."

"야…… 양육비?"

"당신만 청구할 수 있는 게 아닙니다만?"

그렇게 말하며 하이드 맥퓐은 히죽 웃어 보였다.

"어차피 당신이 그 양육비를 낼 수 있을 거라 생각하지는 않지만, 중요한 건 그게 아니죠. 당신이 결국 내야 한다는 거니까요."

미국은 양육비를 한국처럼 물렁하게 청구하지 않는다.

기본적으로 양육비 시스템 자체가 남자에게 불리하게 구성되어 있는 것은 사실이나, 여자라고 해서 그 책임에서 자유로운 것은 결코 아니다.

"아니, 그건 너무하잖아. 나는 관계를 맺어서 한 거라고!"

"거짓말은 하지 맙시다. 어차피 양육권 소송도 양육비 소송도, 당신이 집니다. 당신의 미래가 이미 저당 잡혀 있다는 걸 잊지 마세요."

"……."

"조금이라도 풀려면 지금이 유일한 기회입니다."

그 말에 리지 던컨의 눈이 흔들렸다.

"우리는 당신이 병원에서 불임 시술을 통해 임신했을 거라 의심하고 있습니다. 그 과정에서 아마도 라이엄 그랜트가 개입했을 거고요. 아닌가요?"

"……."

"한번 읽어 보시죠. 오늘 오후에 언론에 나갈 보도 자료입니다."

하이드 맥핀은 서류 하나를 건넸다.

그걸 받아서 살펴본 리지 던컨의 눈빛이 또 한 번 흔들렸다.

그도 그럴 게, 그 안에는 생각지도 못한 내용이 들어 있었으니까.

"자극적인 뉴스죠. 안 그런가요?"

히죽 웃는 하이드 맥핀.

그런 하이드 맥핀을 보는 리지 던컨의 심장은 미친 듯이 뛰어 댔다.

"고의적인 임신 공격의 가능성. 사실 이건 딱히 특별한 건 아니죠."

어깨를 으쓱하는 하이드 맥핀.

"알음알음 벌어져 왔고, 지금까지는 알면서도 딱히 대응책이 없어 당하기만 했죠. 하지만 이걸 전면에 내세운다면 어떤 일이 벌어질까요?"

하이드 맥핀이 건넨 것은 다름 아닌 기자회견 내용이었다.

"임신을 위해 고의적으로 병원에서 불임 시술을 받고, 그걸 통해 돈을 뜯어내려고 한다."

"이걸…… 언론에서 믿을 것 같아?"

"믿지 않아도 상관없어요. 중요한 건 가능성이죠."

가능성은 충분히 있고, 이런 일에 당한 사람들이 한둘이 아니다.

"그들이 매년 양육비라는 이름으로 뜯기는 돈이 얼마일까요? 수억 달러? 수십억 달러?"

그렇게 돈을 뜯기는 사람들이 한둘이 아니다.

실제로 그 과정에서 실명이 공개되면서 진짜 욕이란 욕은 다 처먹은 사람도 넘쳐 난다.

"만일 이 뉴스가 나간다면 그들이 어떻게 반응할까요?"

당연히 과거에 자신이 겪은 사건에 대한 재조사를 요구할 테고, 경찰 입장에서는 그걸 묵인할 수가 없다.

"당신에 대한 모든 자료와 기록은 확인했습니다. 돈이 어디서 왔는지 증명할 수도 없는데 명품을 펑펑 사며 사치스럽게 살았죠. 당신이 할렘가에서 사라진 후의 생활 기록조차도 없어요. 그런데 어떻게 파티장에 다녔는지도 의문이고."

그렇게 말하면서 하이드 맥핀은 그녀에게 몸을 가까이 했다.

"당연히 그 무엇도 필요 없었겠지요. 막대한 지원을 받았을 테니까."

그 말에 리지 던컨의 눈동자가 흔들렸다.

"증거 이…… 있어요?"

처음에는 말을 막 하던 리지 던컨의 어조가 점점 조심스러워졌다.

"증거는 말입니다, 해석의 문제예요."

"해석의 문제?"

"돈이 없이 잠적했던 당신이 갑자기 아이를 데리고 나타나서 부유한 삶을 살다가 뜬금없이 명품을 쥐고 슬럼가로 갔죠. 그 돈이 과연 어디서 나왔는가?"

이 경우는 리지 던컨이 그걸 증명해야 한다. 하지만 리지 던컨에게 그건 불가능하다.

"그런 경우 과연 당신의 과거에 대한 조사가 이루어지지 않을까요?"

드림 로펌에서는 그걸 기반으로 돈을 지원한 조직이 있을 거라 주장할 거다.

"그리고 당신이 그 돈이 어디서 나왔는지 증명하지 못한다면 이 기자회견에서 밝혀지는 내용은 사실이 될 테고요."

그러면 그녀는 심각한 처벌을 받게 될 것이다.

아동 학대와 더불어 사기, 그것도 아이를 이용한 사기에 대한 죄를 독박을 쓰게 될 거다.

사기 혐의를 뒤집어쓰고도 공범을 말하지 않을 테니까.

"처음으로 드러난 형태의 범죄. 거기에 반성도 하지 않고 공범도 불지 않으면 처벌은 엄청나게 강해질 겁니다."

"……."

그 말에 리지 던컨의 얼굴은 당장이라도 눈물을 터뜨릴 것처럼 일그러졌다. 그럴듯했으니까.

실제로 그런 경우 처벌이 강해진다.

"그뿐만 아니라 이런 경우를 막기 위해 징벌적 배상도 요구될 테고요."

"그러면……."

"당신은 파멸이죠."

리지 던컨의 얼굴은 핼쑥해졌다.

코너에 몰렸다는 걸 알 수 있었다. 너무 충격이 커서 그녀는 울음조차도 안 나왔다.

'하지만 방법이 없는 건 아니지.'

이 방법을 들었을 때 하이드 맥핀은 혀를 내둘렀다. 생각도 못 한 일이었으니까.

"하지만 이 일을 시킨 사람이 누구인지 말한다면 당신은 보호받을 겁니다."

"저…… 저를 가만두지 않을 거예요."

라이엄 그랜트는 언제나 웃는 얼굴이었지만 그녀 역시 그의 차가운 속내를 잘 알고 있었다.

실제로 그녀는 감옥에 오자마자 변호사보다 라이엄 그랜트에게 가장 먼저 전화를 걸었다.

하지만 전화기는 이미 끊어져 있었다. 아마도 현금으로 사는 선불 폰이었을 것이다.

즉, 이제 라이엄 그랜트에게 뭔가를 기대하는 건 불가능하다는 거다.

"물론 그쪽에서는 당신을 죽이고 싶어 할 겁니다. 그리고 그게 중요합니다."

"어째서요?"

"형량 거래를 할 수 있으니까."

"형량 거래?"

"당신을 죽일 수 있을 정도로 힘이 있고 위험한 조직 또는 인물이라면 당신은 검찰에게 증인 보호 요청을 할 수 있죠. 아마 라이엄 그랜트를 대상으로 한 증언이라면 단순한 보호 요청을 넘어서 증인 보호 시스템에 들어갈 수 있을 테고요."

증인 보호 시스템이란 미국 특유의 시스템이다.

한국에서는 증언한 후에 어떤 보호도 제공하지 않는다. 증언 이후에 이루어질 모든 불법행위와 공격을, 증언한 당사자가 모두 책임져야 한다.

그에 반해 미국은 다르다.

미국에서는 증인 보호 시스템에 들어가면 모든 게 말소된다. 사진, 주소, 이름 등 모든 게 사라지고 전혀 새로운 신분으로 완전히 새로운 곳에서 생활할 수 있게 된다.

"그리고 아무리 우리라고 해도 존재하지 않는 사람에게 소송을 청구할 수는 없죠."

그 말에 리지 던컨은 고개를 번쩍 들었다.

증인 보호 시스템에 들어가면 그녀의 모든 과거가 사라진다. 설사 주송도와 드림 로펌이라고 해도 그녀에게 접근할 방법은 없다.

"어차피 우리가 당신한테 뭘 받아 낼 수 있는 상황도 아니고요."

소송해 봐야 리지 던컨에게서는 땡전 한 푼 받아 낼 수 없다, 더러운 추문만 생길 뿐이지.

"그러니 당신이 사라져도 상관없고."

하이드 맥핀의 말에 리지 던컨의 얼굴에 조금씩 빛이 피어올랐다.

"하…… 하지만 그걸로 증인 보호 요청이 될까요?"

'단 한 건, 그걸로 가능할까?'라는 그녀의 물음.

그러나 하이드 맥핀에게는 가능했다. 정확하게는, 가능하게 만들 방법이 있었다.

"당신처럼 뒤에서 계획을 세우고 고의적으로 접근한 사건이 한두 건일 것 같습니까?"

그동안은 방법이 없어서 당했다.

유전자 검사 한 번이면 아무리 소송해도 친자 관계를 부정할 수가 없었으니까.

"그 피해자들은 모두 이를 갈고 있죠. 이제 그걸 뒤집을 수 있다면 기존의 피해자들이 가만히 보고 있을까요?"

그럴 리가 없다.

그들은 그 사건을 생각하며 여전히 치를 떨고 있다.

자신의 돈으로 자신을 속인 여자를 먹여 살리고 있다는 생각에 분노하고 있다. 일부는 그 사건으로 이혼까지 당하기도 했다.

그런데 만약 그 사건을 뒤집을 수 있다면?

아마 그들은 돈을 아끼지 않을 거다.

"하지만 그냥은 안 되죠."

이미 종결된 재판이다. 그걸 뒤집기 위해서는 그게 사기였다는 법원의 판결이나 새로운 증거가 있어야 한다.

새로운 증거를 구할 수는 없다.

"하지만 조직적으로 그런 사기를 치는 조직에 대해 증언해 준 누군가가 있다면?"

"그건……."

"아시겠지만 이건 민사소송입니다. 형사소송이 아니죠."

그래서 싸움에 한계가 있을 수밖에 없다.

법원에 민사소송을 걸고 나면 확실하게 얻을 수 있는 증거는 유전자뿐이니까.

하지만 형사사건은 다르다. 법원의 명령에 따라 영장을 받을 수 있고, 사건 기록을 까뒤집을 수 있고, 이게 사기인지 아닌지 판단할 수 있게 된다.

그리고 사기가 인정되면 합의금과 그동안 준 돈 그리고 손해배상까지, 상대방을 파멸로 몰아갈 수 있게 된다.

원하지 않았던 아이라 해도 여전히 양육 책임은 있겠지만 그건 부차적인 문제다.

"그리고 당신한테 요구하는 건 간단하죠."

그들의 재판에 가서 이런 범죄의 계획성에 대해 증언하는 것.

이미 그런 범죄가 있다는 걸 알게 된 법원 입장에서는 형사 고발을 막을 수 없다.

그것만으로도 그들은 재판을 원점에서 다시 시작할 수 있다.

"언제까지요?"

"당신이 사라질 때까지."

어차피 그녀에게서 돈을 받지는 못한다. 하지만 이 증언은 드림에 사건을 맡긴 사람들에게만 해 줄 거다.

물론 나중에 판례를 가지고 갈 수 있겠지만 판례와 직접적인 증언은 무게감이 다르다.

"우리는 돈을 벌 수 있고, 당신은 잠적할 비용을 벌 수 있고."

은밀하게 돈을 요구한다고 해도 그들은 줄 테니까.

그 말에 리지 던컨은 침을 꿀꺽 삼켰다.

"거절하고 30년 넘게 감옥에서 살든가, 아니면 새로운 이름으로 새로운 곳에서 새 출발 하든가."

그 말에 리지 던컨은 입술을 깨물었다.

선택지는 없었다.

⚖️

―어떻게 이런 생각을 하셨습니까?

"미국 특유의 형량 거래 시스템은 저도 잘 아니까요."

노형진은 고개를 끄덕거렸다.

"물론 우리가 그렇게 하자고 한들 검찰에서 들어주지 않겠지만요."

사실 리지 던컨에게 그런 거래를 제시하긴 했지만 형량 거래의 대가에 증인 보호 시스템을 포함하는 건 아무리 드림 로펌이라고 해도 불가능하다.

애초에 드림 로펌이나 드래곤 에이전시나 강력한 힘을 가진 집단이고, 그 집단의 싸움에 미 검찰이 끼어들어서 한쪽을 편들어 줄 가능성은 없다고 봐도 무방하다.

–하지만 다른 사람들을 데리고 옴으로써 균형을 무너트리셨고요.

"맞습니다. 제가 노린 게 그거죠."

드림 로펌과 드래곤 에이전시 두 집단의 싸움이라면 절대로 리지 던컨을 증인 보호 프로그램에 넣어 주지 않겠지만, 이미 드림 로펌은 여러 사람들에게 접근해서 상황을 알리고 도움을 주겠다고 협상하던 중이었다.

그렇잖아도 그 사건으로 화가 나서 눈이 돌아가 있던 그들은 기꺼이 도움을 약속했고, 사건을 드림 로펌에 의뢰하기로 했다.

–벌써 의뢰인이 마흔 명이나 됩니다.

스포츠 스타부터 연예계 스타까지, 한 명 한 명이 미국의 정치계와 재계에 힘을 가지고 있는 많은 사람들이 의뢰를 맡겼다.

–의뢰 비용은 대략 1억 달러를 넘길 것 같고요. 최소 기준

으로 말이지요.

이런 범죄의 대상이 된 사람들은 아주 부유한 자들이다. 당연하게도 그들은 분노를 풀어내는 데 돈을 아끼지 않았다.

'당연한 거지.'

중요한 건 이거다. 합의하에 성관계를 한 뒤에 정액을 빼돌려서 임신했다면 범죄의 영역에 들어가고, 그걸 증명하기 위해서는 민사의 영역이 아니라 형사의 영역이 필요하다.

그러니 이런 범죄가 계획적으로 이루어지고 있다는 리지 던컨의 증언 하나만 있으면 미국 경찰은 이걸 수사할 수 있게 된다.

기존에는 민사로만 처리하던 게 형사의 영역으로 넘어가는 거다.

─왜 이런 생각을 못 한 건지 모르겠네요.

"부담 때문일 겁니다."

─부담?

"아이가 낀 순간부터 불리한 건 남자입니다."

이런 사실이 언론에 나가는 순간 이미지는 박살 나는 거다.

주요 피해자들은 스타나 스포츠 선수다. 그들로서는 심각하게 부담스러운 일이다.

인기가 떨어지면 아무리 실력이 좋아도 방출 대상이 된다. 더군다나 사회적으로 지탄받는 행위를 하면 더더욱 그렇다.

그건 스타가 아니라 정치인도 마찬가지.

"그걸 알기에 변호사들은 본능적으로 합의를 우선으로 생각하죠."

의뢰인의 미래를 박살 낼 수는 없으니까.

형사 고소야 가능하지만 그걸 하는 순간 상대방은 후안무치한 사람이라고 언론 플레이를 할 테고, 의뢰인의 인생은 박살 날 테니까.

"하지만 증언과 판례가 생기면 상황이 달라지죠."

이미 관련 증언이 있고 그런 사건의 판례도 있다.

미국은 판례가 중요한 판례법 국가. 경찰에 당당하게 수사를 요청할 수 있게 된다.

"물론 그런 주장을 주송도 씨가 했다면 사회적으로 매장되었을 테지만, 리지 던컨은 가해자니까요."

가해자인 리지 던컨이 사실을 증언하면 당연히 사람들은 리지 던컨에게 관심을 가지지 주송도에게 관심을 가지지는 않는다.

그리고 리지 던컨의 증언이 판례로 고착화되면 임신 공격은 형사소송이 가능해지게 된다. 판례법 국가니까.

─그리고 그걸 우리가 싹쓸이하게 되고요.

매년 이런 사건이 한두 번 있는 게 아니다.

당연히 그들은 승리할 가능성이 있는, 그리고 승리한 적이 있는 로펌을 찾을 테고, 당연히 드림 로펌이 최우선 의뢰 대상이 될 거다.

　-그럼 라이엄 그랜트는 무슨 수를 써서라도 리지 던컨의 입을 막으려 하겠네요.

　"그럴 겁니다."

　리지 던컨이 입을 여는 순간 그의 몰락은 피할 수 없다.

　리지 던컨과 주송도의 경우에서도 알 수 있듯이 누군가 몰락하고 그 자리에 드래곤 에이전시의 선수가 들어간 게 한두 번이 아니다.

　"아마 리지 던컨은 이게 얼마나 위험한 일인지 모르는 모양이지만요."

　-경고는 했지만 겪어 보지는 못했으니까요.

　리지 던컨에게 있어 라이엄 그랜트와 드래곤 에이전시는 자신의 화려한 날을 지원해 준 사람들이다.

　막판에 뒤통수를 치기는 했지만 그렇다고 해서 정말 목숨이 오락가락하는 두려움의 대상까지는 아닐 거다.

　하지만 라이엄 그랜트 입장에서 이건 절대로 그냥 넘어갈 수 없는 일이다.

　"리지 던컨도 현실을 좀 알아야 하지 않겠습니까?"

　노형진은 씩 하고 웃었다.

　"조사를 시작하세요. 아마 라이엄 그랜트는 똥줄이 탈 겁니다, 후후후."

라이엄 그랜트나 드래곤 에이전시라고 해서 모든 걸 다 아는 건 아니다.

당연히 혹시 모를 상황을 대비하기 위해 그들은 리지 던컨과 손절을 했고, 리지 던컨이 마약을 하고 경찰에 잡혀갔다는 소식을 들었을 때 그녀의 멍청함에 대해 욕했다.

하지만 그 이후에 접한 소식에 화들짝 놀랄 수밖에 없었다.

"뭐라고?"

"드림 로펌에서 폴세인트 병원에 찾아왔다고 합니다."

폴세인트 병원은 라이엄 그랜트와 드래곤 에이전시가 비밀리에 투자한 병원이다. 수익도 수익이지만 은밀한 시술을 할 때 도움을 받기 위해서다.

당연히 리지 던컨의 불임 시술 역시 그 병원에서 이루어졌다.

불임 시술이라는 게 원래는 임신이 잘되지 않는 사람들을 위한 치료이지만 이 경우는 확실하게 임신하여 주송도를 몰락시키기 위해서였다.

그런데 갑자기 거기에 드림 로펌이 나타났다.

그것만 해도 큰일인데 더 큰 일은 그다음 소식이었다.

"드림 로펌에서 리지 던컨을 대신해서 진료 기록을 요구했답니다."

"대신? 지금 대신해서라고 했나?"

"네, 서류까지 모두 확인해 봤답니다."

"그래서? 그래서 뭐라고 했는데?"

"일단 위조의 가능성이 있고 당사자와 연락이 안 되고 있는 상황이라 자기들은 의료 기록을 제공할 수 없다고 돌려보냈다고 합니다만……."

리지 던컨이 감옥에 가 있으니 연락이 안 되는 건 당연한 일.

뻔한 거짓말이지만 그거 말고는 방법이 없었다.

다른 사람도 아닌 당사자가 자기 의료 기록을 보겠다는데 어떻게 막는단 말인가?

문제는 드림 로펌에서 '대리인'으로서 찾아왔다는 거다.

그리고 그게 의미하는 것은 단 하나.

"리지 던컨, 그년이 배신을……."

라이엄 그랜트는 이를 뿌드득 갈았다.

그것 말고는 드림 로펌에서 그녀의 대리를 맡을 방법이 없다. 드림 로펌이 미치지 않고서야 그걸 위조할 리가 없으니까.

"그런 것 같습니다. 지금 조사 결과가 나왔는데 상황이 심각합니다."

"심각하다니? 무슨 소리야?"

"리지 던컨은 아동 학대와 마약으로 잡혀갔습니다."

"그건 이미 아는 사실이잖아!"

"그리고 그 후에 갑자기 드림 로펌에서 임신 공격으로 피해를 입은 사람들을 찾아가기 시작했습니다."

"뭐?"

이건 진짜 생각도 못 한 일이었다.

물론 그건 지금까지 단 한 번도 걸린 적이 없었다. 그랬기에 안심하고 있던 일이었다.

그런데 임신 공격으로 피해를 입은 사람들을 드림 로펌이 찾아간다?

"특히 우리와 관련된 사람들을 집중적으로 찾아가기 시작했습니다."

"우리라고 하면?"

"우리가 비슷한 방식으로 날려 버린 스타들과 선수들 말입니다."

오랜 시간 드래곤 에이전시는 선수의 멘탈을 붕괴시키는 방식으로 슬럼프에 빠지게 하거나 퇴출을 유도했다.

단순히 라이벌에게만 그런 게 아니었다.

드래곤 에이전시와의 계약 갱신을 거부한 사람들이라든가, 아니면 장기적으로 자기들이 계약한 선수들의 미래를 위협할 만한 신흥 선수들도 그런 식으로 묻어 버렸다.

한두 번 한 것도 아니었으니 딱히 특별한 일도 아니었다.

민사의 영역인지라 수사도 없었고, 욕먹을까 봐 다들 쉬쉬하기 바빴다.

그런 식으로 드래곤 에이전시는 성장해 왔다.

"그걸 리지 던컨이 알 리가 없는데?"

리지 던컨처럼 써먹기 위해 공들인 년들도 한둘이 아니다.

그들은 지금도 파티에서 깔깔거리면서 인생을 즐기고 있을 거다.

하지만 그건 철저하게 비밀이니, 리지 던컨 역시 그 사실을 모른다.

주송도에게 접근한 여자도 한두 명이 아니었다. 성공한 여자가 리지 던컨 한 명이었을 뿐.

그런데 그런 아무것도 모르는, 대가리에 술과 마약만 가득 찬 년이 자신들의 과거를 알 리가 없다.

"아마도 드림 로펌이겠지요. 드림 로펌의 투자자가 미다스인 건 딱히 비밀도 아니지 않습니까?"

그 말에 라이엄 그랜트의 얼굴이 굳었다.

맞다. 드림 로펌의 최대 투자자는 미다스다. 그리고 미다스는 마이스터에도 투자했다.

그런데 여기서 한 가지 중요한 것은, 미다스와 마이스터의 정보력이 미 정보국 CIA 이상이라는 소문이 있다는 것이다.

"설마 우리를 노렸다는 건가?"

"아마도 그런 것 같습니다."

"아니, 왜?"

"혹시나 해서 조사해 봤습니다만, 주송도가 한국에서 누굴 만났는지 아십니까?"

"설마…… 노형진?"

노형진. 미다스와 마이스터의 공동 대리인.

그를 만난 후에 일이 이렇게 벌어졌다? 그게 과연 우연일까? 그것도 드림 로펌이라는 투자사를 통해서?

"이런 빌어먹을!"

라이엄 그랜트는 아차 싶었다.

여기에 미다스가 끼어들 일은 없다고 생각했다. 미다스는 투자자니까.

거기다 그는 미국 메이저리그와 아무런 관련이 없다. 그러니까 전혀 상관없는 영역이라고 생각했었다.

"여기서 왜 그놈이 튀어나와!"

"일단 그건 나중에 생각하셔야 할 것 같습니다. 중요한 건 리지 던컨입니다. 그년이 법원에서 우리에 대해 증언하면 모든 조사가 우리를 향할 겁니다."

"꼬투리 잡힐 거 없잖아? 돈도 현금으로 줬으니까."

애초에 접촉 자체도 아주 은밀하게 이루어졌다. 사과와 관련한 일 말고는 아무것도 접촉한 게 없다.

그런데 수사가 진행된다고?

"아무래도 그래서 문제가 되는 것 같습니다. 우리에게 피해를 입었을 만한 사람들을 모두 찾아가 설득해서 의뢰까지 받아 냈답니다."

그렇다면 무시할 수 없다. 이미 저쪽은 이쪽의 죄를 확신하고 있다는 소리다.

"빌어먹을."

라이엄 그랜트는 이를 뿌드득 갈았다.

"그러면 방법은? 하나뿐인가?"

"네, 하나뿐입니다. 하지만…… 어떻게?"

리지 던컨은 현재 구치소에 있다.

구치소는 어떻게 보면 아주 안전한 공간이다.

라이엄 그랜트와 드래곤 에이전시가 온갖 협잡질과 사기, 속임수의 달인이기는 하지만 폭력 집단인 것은 아니다. 이미 구치소에 있는 리지 던컨을 안에서 죽일 방법은 없다.

그런데 그런 라이엄 그랜트에게 생각지도 못한 동아줄이 떨어졌다.

"리지 던컨은 구치소에 있는 게 아닙니다."

"뭐? 그러면 어디 있는데?"

"로열살롱 호텔에서 숙박 중입니다."

"체포된 거 아니었어?"

"보석금을 내고 출소했습니다."

"보석금? 설마! 적지 않은 금액이었을 텐데?"

"3만 달러입니다."

"그년에게 그런 돈이 있을 리……."

말하던 라이엄 그랜트는 아차 싶었다.

리지 던컨이 이미 드림과 손잡았다는 사실이 생각난 것이다.

"당장 그년을 죽여야겠군."

라이엄 그랜트는 이를 뿌드득 갈았다.

그러나 그마저도 쉽지 않았다.

"스물네 시간 경호원이 대기 중입니다. 접근 자체가 불가능합니다."

"뭐라고? 그러면……?"

"증언을 막을 수가 없을 것 같습니다."

그 말에 라이엄 그랜트는 얼굴이 사색이 되었다.

⚖️

"주변에 이상한 징후 없나?"

"없겠습니까? 수상한 놈들이 이미 여럿 눈에 띕니다."

하이드 맥핀은 부하 직원의 말에 쓰게 웃었다.

"그러겠지. 이미 이렇게 드러내고 있는데."

"그런데 이거, 위험한 거 아닙니까?"

"아니, 도리어 이게 안전하다네. 마냥 감추다가는 도리어 더 위험해질 수 있고. 어차피 만나는 사람이 한둘이 아니잖나."

"그건 그렇지요. 어떻게든 첫 재판 전까지 보호해야겠네요."

"그래, 이미 경찰에 진술했지만 증언은 해야지."

"라이엄 그랜트가 놔둘까요?"

"아니, 그러지 않을 거야. 그러니까 이렇게 하고 있는 거 아닌가?"

하이드 맥핀은 피식 웃으며 말했다.

"이미 그쪽은 리지 던컨이 배신한 걸 알고 있으니까. 어떻게 해서든 그녀의 입을 막고 싶겠지."

더군다나 지금 이곳을 찾아오는 사람들은 드래곤 에이전시로부터 공격받았을 가능성이 큰 이들이다.

그들은 드림 로펌의 연락을 받고 이곳에 찾아왔고, 리지 던컨으로부터 자신이 어떻게 주송도에게 접근했고 어떤 식으로 상대방을 속였는지를 들었다.

잘 먹히는 방법을 굳이 바꿀 이유는 없었기에 그중 일부는 비슷하게 당했다는 걸 알게 되었으며, 그들은 분노로 길길이 날뛰었다.

당연히 그들은 리지 던컨에게 자신의 사건에서 증언을 해 달라고 요청했고, 리지 던컨은 잠적 이후의 생활비를 지원해 준다면 기꺼이 증언해 주겠노라 이야기했다.

"라이엄 그랜트가 똥줄이 타겠군요."

로열살롱 호텔은 커다란 대기업 체인이다.

자체적으로도 보안이 뛰어나고 거기다가 초대형 호텔 체인이라는 자존심도 강하다.

만일 라이엄 그랜트가 리지 던컨을 공격한다면 그건 로열 살롱을 이끌고 있는 그룹에 선전포고를 하는 것과 마찬가지의 의미가 되니 아무리 드래곤 에이전시가 힘이 강하다고 한들 그들과 비벼 볼 생각은 못 할 것이다.

"여기에 있는 것만으로도 그녀는 안전하니까."

"첫 증언까지 별문제는 없겠군요."

"그래, 아마도 그럴 거야. 재판에 가 봐야 알겠지만."

재판에서의 증언은 중요하다.

그도 그럴 게, 이 증언이라는 게 효력을 발휘하는 건 재판정에서부터이기 때문이다.

경찰이나 검찰에서 이야기할 수 있지만 그건 진술이지 증언이 아니다.

진술은 참고 정도다. 나중에 바꿀 수도 있고 철회할 수도 있다.

실제로 그렇게 진술이 바뀌거나 철회되는 경우는 제법 많다.

그러나 법원에 가서 증인으로서 선서하고 증언하면 강제력이 생긴다. 그걸 나중에 바꾸면 위증죄로 처벌받을 수 있기 때문에 거짓말해서는 안 된다.

더군다나 증언의 경우는 진술과 달리 법원에서 판사의 취사선택이 힘들다.

재판에서는 판사가 증거를 취사선택할 수 있다.

진술의 경우 단순 증거로 취급되며, 법원에서 재판할 때 증거능력을 인정하느냐 마느냐는 해당 재판을 이끌어 가는 판사의 선택에 따라 달라진다.

그래서 재판에서 판사가 임의로 증거능력을 인정하거나 배제할 수 있다.

말 그대로 판사 마음대로인 거다.

하지만 증인으로서 증언을 하는 순간부터 재판관은 특별한 이유 없이 그 증언을 무시할 수 없다.

해당 증언의 증거능력을 배제하기 위해서는 그에 관한 확실한 이유가 있어야 한다.

그렇기 때문에 단순 진술이 아니라 증언이 중요하다.

그리고 증언이 이루어지면 라이엄 그랜트와 드래곤 에이전시는 끝장이다.

"그런데 우리 예상대로 될까요?"

"안 된다고 해도 우리가 손해 볼 건 없지."

"그건 그런데……."

부하와 이야기하던 하이드 맥핀은 울리는 핸드폰의 액정에 표시된 발신자를 힐끔 확인하고는 전화를 받았다.

"그래, 어떻게 되었나?"

－총격전이 있었습니다만 우리 쪽 사망자는 없습니다. 저쪽은 두 명이 사망하고 두 명이 체포당했습니다.

그 말에 하이드 맥핀의 얼굴에 미소가 떠올랐다.

"잘했네. 새로운 증인이 생긴 것 같군, 후후후."

⚖️

몇 시간 전.

텍사스의 광대한 땅을 한 대의 차량이 불도 안 켜고 달리고 있었다. 그리고 그 안에는 완전무장 한 남자 네 명이 있었다.

"헤이, 안젤로! 뭘 그렇게 쫄아 있어?"

"아니, 쫄았다기보다는…… 그냥 찜찜해서. 오늘 어디 가지 말라고 했는데."

"누가?"

"우리 옆집의 점술사가."

"지랄. 아직도 그런 거 믿냐?"

"그러게. 병신 아냐, 이거?"

"아니, 그게……."

안젤로라고 불린 남자는 기분이 영 찜찜했다.

그도 그럴 게, 지난 며칠간 꿈자리가 뒤숭숭했기 때문이다.

"이번 일은 어려운 일도 아니잖아?"

"그래도 시골 사는 놈들인데 총 같은 거 있지 않을까?"

"그래 봤자 뭐 뻔한 샷건이지, 뭘. 그런 걸로 우리를 막을 수 있을 것 같아?"

그렇게 말하면서 입고 있던 방탄복을 탁탁 두들기는 남자.

"끄응…… 이상한데."

하지만 안젤로는 꿈자리가 너무 안 좋았다는 사실이 기분 나빴다.

"그래서 그만둘 거야? 그만둘 거면 여기서 내리고."

"미친 새끼야, 여기서 내리면 집에는 어떻게 가라고?"

광활하다 못해 끝이 보이지 않는 사막 한가운데. 그곳을 사람들의 시선을 피해서 내달리고 있었다.

이런 곳에서 차에서 내려 걸어가다가는 아마 바짝 마른 시신이 될 거다.

"그러면 입 좀 닥치고 있든가."

대장으로 보이는 남자의 말에 안젤로는 입을 삐죽거렸지만 말은 하지 못했다.

"어차피 촌무지렁이 두 놈을 잡으러 가는 것뿐이야."

그들이 노리는 건 리지 던컨의 부모님이었다.

리지 던컨은 시골에서 성공을 노리고 도시로 올라온 소녀였다. 그 후에 인생이 시궁창에 처박혔다지만 부모님과 의절한 것은 아니었다.

"두 연놈을 잡은 후에 리지 그년의 입을 다물게 하는 게 우리 목적이다."

그들의 계획은 그랬다.

리지 던컨을 잡을 수는 없다.

그녀는 호텔에서 보호받고 있는데, 거기에는 경찰이 쫙 깔려 있다. 그뿐만 아니라 혹시 모를 상황에 대비해서 경호원들도 있다.

그런 상황에서 리지를 습격한다?

아마 호텔의 홀을 벗어나기도 전에 온몸이 벌집이 될 가능성이 크다.

"멍청한 년."

"그러니까 그런 년을 쓰는 게 아니었는데."

"그래도 예쁘잖아. 나중에 처분하기 전에 우리도 즐길 수 있지 않을까?"

"나중에 생각해. 일단 입부터 닥치게 하고 생각하자고."

그들은 그렇게 가벼운 대화를 주고받으며 사막을 내달렸고, 얼마 지나지 않아서 홀로 떨어진 허름한 집이 보이는 위치에 도착했다.

"저곳이지?"

"야, 뛰쳐나올 만하네."

"건물 하나 덜렁 있네."

전형적인 시골의 주택.

오래되어서 여기저기 수선한 흔적이 많이 보이는 집을 살피며 약탈자들은 피식 웃었다.

아무리 봐도 너무 쉬울 것 같았으니까.

"야, 안젤로. 쫄았냐?"

"아니야."

괜히 점술사 이야기를 했다면서 안젤로는 눈을 찡그렸다.

"가자."

대장의 말에 그들은 쓰고 있던 마스크를 내리고 소총을 확인했다. 그리고 어둠을 이용해서 조용히 집을 향해 걸어가기 시작했다.

주변은 컴컴했고 아무것도 없었다.

개도 키우지 않는지 사위는 조용하기 그지없었다. 그저 저 멀리 창문 너머에서 사람이 움직이는 모습만 보였다.

"오늘 일은 날로 먹겠네."

"코델09바이러스만 아니면 하와이에 가서 계집들 엉덩이 좀 두들기는 건데."

"입 좀 닥쳐, 이 새끼들아."

부하의 말에 대장은 눈을 찡그렸다.

군인 출신인 자신과 다르게 갱단 출신인 세 명의 실력은 형편없었기에 그는 언제나 불만이었다.

"조용히 몸 숙이고 걸어, 도착도 하기 전에 총 맞기 싫으면."

"아니, 뭘 그렇게까지 해요? 어차피 촌무지렁이인데."

"그러니까요. 끌고 나와서……. 에이, 씨팔. 뭐야?"

순간 일행 중 한 명이 눈을 찡그리며 욕을 내뱉었다.

"뭔데?"

"잠시만요. 뭐가 발에 걸렸는데. 잡초 같은데?"

그는 자신의 발에 걸린 잡초를 끊어 내기 위해 다리를 강하게 들었다. 그 순간 주변에서 뭔가가 솟아났다.

피유우우~!

요란한 피리 소리를 내면서 올라가는 무언가를 본 군인 출신 대장은 어이가 없었다.

"조명탄? 조명탄이 어째서?"

군에서나 쓸 법한 조명탄이 왜 밭 한가운데에서 튀어나온단 말인가?

그런데 그 순간 '탕!' 하는 총소리가 울려 퍼졌다.

"엎드려!"

그들이 엎드리자 다시 한번 고함이 들려왔다.

"너희들은 포위되었다! 항복해!"

"포위?"

상황을 이해하지 못하는 다른 자들과 다르게 대장은 상황이 빠르게 이해되었다.

"이런 젠장."

현재 리지 던컨은 철저하게 보호받고 있다.

그녀 본인을 납치하거나 죽여서 입을 다물게 할 수 없다면 차선책은 뭘까?

당연히 그녀의 가족을 인질로 삼아서 입을 다물게 하는 것이었다.

자신들은 그걸 선택했다.

그런데 다른 곳도 아닌 드림 로펌이 그걸 예상하지 못했을까?

'토마호크.'

그리고 드림 로펌에는 사설 용병단이 있다.

토마호크. 인디언 위주로 구성된 용병 집단.

자신들보다 뛰어난 무기로 무장한 놈들.

"돌려. 나가. 튀어."

"네?"

"포복으로 돌아가라고!"

나지막하게 윽박지르는 대장.

하지만 부하 중 한 명이 되물었다.

"포복이 뭔데?"

"이런 씹."

부하라지만 사실상 갱단이다. 이런 놈들이 포복을 알 리가 없다. 할 줄 아는 건 총질밖에 없으니까.

"기어가라고, 이 새끼야!"

"아."

"튀어, 빨리!"

아직 완전히 모습이 드러난 건 아니다.

아까 걸린 건 아마 조명탄일 테지만 그걸로 특정한 위치를 확정하기는 힘들다.

더군다나 여기는 밀밭. 엎드려서 기어간다면 적들은 자신들을 발견하기 힘들 것이다.

'최악의 경우 총격전도 각오해야지.'

그러면 유리한 건 자신들이다.

자신들은 몸을 감추고 있고, 저쪽은 서서 수색해야 하니까.

몇 놈만 쓰러트리면 안전하게 여기서 벗어날 수 있을 거라 생각했다. '아마도' 말이다.

하지만 그런 대장의 계획은 초장부터 글러 먹었다.

"불 질러!"

공기를 뒤흔드는 누군가의 목소리.

곧이어 사방에서 화광이 충천했다.

토마호크 놈들이 기다리지 않고 사방에 불을 놔 버린 것이다.

"이런 젠장!"

이러면 답이 없다.

여기서 기어간다? 아마 반도 가기 전에 통째로 구워질 거다.

불이 없는 곳은 딱 한 곳. 바로 집으로 가는 방향뿐인데, 그곳은 아마 토마호크가 매복해 있을 테니…….

"항복해! 기회는 지금뿐이다."

점점 커지는 불. 그리고 최후의 경고.

대장은 결국 항복을 선택했다.

"방법이 없다. 항복하자."

하지만 부하 둘은 그럴 수가 없었다.

"조까! 나는 삼진 아웃이란 말이야! 여기서 잡히면 다시는 못 나와!"

"나, 나도…… 나도 못 나온다고."

"그러면 여기서 죽든가! 여기서 어떻게 벗어나려고!"

"씨팔!"

안젤로가 어이가 없다는 듯 욕을 내뱉자 그들은 서로를 돌아보더니 갑자기 몸을 일으켰다.

"으아아아!"

"뒈져, 이 씨팔 새끼들아!"

그들은 토마호크가 있을 만한 곳을 향해 총을 난사하면서 뒤로 내달리기 시작했다. 불이 더 커지기 전에 뚫고 나갈 생각이었던 것이다.

어차피 불은 이제 막 질러졌고 사방이 밀밭인지라 아직 그리 번지지는 않은 상황.

아마도 탈출은 가능했을 것이다, 토마호크가 총을 쏘지 않았다면.

"사격."

이쪽에서 먼저 쐈으니 저쪽은 당연히 반격한다.

탕탕탕!

"끄억!"

"킥!"

뒤로 내달리던 두 놈은 그대로 나뒹굴었다.

방탄복을 입었다고 떵떵거렸지만 그 말이 무색하게 그들의 머리통은 어디론가 사라지고 없었다.

"항복해. 이길 수 있을 거라 생각하나?"

다시 한번 들리는 목소리.

대장은 입술을 깨물었다.

방법이 없었다.

그는 재수가 없어서 이 짓거리를 하는 것뿐, 실력이 없는 사람은 아니었다.

이 오밤중에 우연이라도 동시에 두 사람의 대가리'만' 날리는 건 불가능하다.

이는 즉, 저쪽은 최신 야시경을 쓰고 있다는 소리다.

불이 켜지면 야시경이 약하다? 그건 진짜 1세대 야시경 쓰던 놈들의 이야기다. 최신 야시경은 눈앞에서 섬광탄이 터져도 그걸 자동으로 조절해 준다.

"항복…… 항복하겠다."

대장은 어쩔 수 없이 자리에서 일어났다.

여기서 저항하다 총에 맞아 죽느니 납치 미수로 잡히는 편이 훨씬 나으니까.

"씨팔."

자리에서 일어나는 대장을 보던 안젤로도 울상이 되어서 같이 일어났다.

"점술사 말을 믿을걸."

하지만 그의 후회는 너무 늦었다.

⚖️

"결국은 뻔한 이야기죠."

노형진은 자신 있게 말했다.

—가족을 노리는 게요?

"그거 말고 입을 막게 할 방법으로 뭐가 생각나십니까?"

—그건 그렇군요. 없네요.

하이드 맥핀은 인정할 수밖에 없었다.

뻔한 이야기다. 리지 던컨의 입을 막기 위해서는 가족을 인질로 삼는 것 말고는 방법이 없다.

하지만 그걸 예상한 노형진 때문에 라이엄 그랜트와 드래곤 에이전시는 확실하게 몰락하게 생겼다.

리지 던컨의 부모님을 납치하러 갔던 자들도 자기들이 살기 위해 고용인 라이엄 그랜트에 대해 모든 것을 이야기하고 있었고, 라이엄 그랜트가 부모님을 건드리려고 했다는 사실에 리지 던컨은 두려움에 빠졌다.

부모님을 위해 살 여자는 아니지만 정말 자신을 죽일 수도 있는 사람이라는 것을 못 느낄 정도로 멍청한 여자도 아니었으니까.

그녀는 확실하게 증인 보호 프로그램에 넣어 달라고 요구했고, 그녀의 증언을 얻기 위해 다수의 사람들이 검찰을 압박하기 시작했다.

경찰 입장에서도 사람을 죽이거나 납치하려던 공격 팀까지 보낸 놈들을 대상으로 증인 보호 프로그램을 돌리지 않을 수는 없는 노릇.

결국 그녀의 증인 보호 프로그램 입성은 생각보다 쉽게 결정되었다.

그리고 그게 라이엄 그랜트와 드래곤 에이전시의 파멸의 서막이었다.

⚖️

"그러니까 계획적으로 오랜 시간 지원받으면서 그들과 함께했다 이겁니까?"

증인석에 앉은 리지 던컨은 평소와는 다른 모습이었다.

모자에 선글라스를 쓰고 목도리를 둘렀을 뿐만 아니라 장갑도 끼고 있었다.

심지어 조금 드러난 그녀의 피부는 마치 동양인처럼 보였다.

그럴 수밖에 없는 게, 사건이 커지면서 언론에서 눈을 까뒤집고 달려들었기 때문이다.

유명인들의 혼외 자식 사건은 연예계에서 최고의 먹잇감

중 하나였다. 그래서 그걸 막기 위해 유명 스타들이 그렇게 돈을 퍼 줘야 했던 것이고.

그런데 그게 범죄단체에서 계획적으로 저지른 짓이라면 당연히 큰 문제가 될 수밖에 없었고, 그걸 취재하기 위해 언론이 몰려든 것이다.

하지만 리지 던컨은 이미 증인 보호 프로그램에의 입성이 예정되어 있었기 때문에 드림 로펌은 그녀의 신분이 드러날 만한 모습이 카메라에 찍히는 걸 막아야만 했다.

그래서 법원의 허가를 얻어서 그녀의 모습을 철저하게 감 췄다.

혹시나 옷 사이로 드러난 피부로 인해 그녀가 백인이라고 특정될 가능성조차도 감추기 위해 영화계의 분장 전문가를 동원해 그녀의 피부까지 동양계 패턴으로 바꿔 버렸다.

그러면 언론에서는 그녀가 동양인이라고 생각할 테니 그 녀를 추적하는 건 불가능해질 테니까.

"저 같은 경우는 라이엄 그랜트가 직접 찾아왔습니다. 그 리고 저한테 지원을 해 줄 테니까 최대한 사람을 유혹하라고 했습니다."

처음부터 라이엄 그랜트는 그녀를 무기로 키울 목적이었 다. 피부 관리에서부터 필라테스까지, 최고로 아름답게 꾸밀 수 있게 해 줬다.

당연히 그런 외모를 바탕으로 그녀는 파티 현장에서 활동하며 유명인들과 선을 만들어 왔다.

"재판장님, 이…… 이건 증거가 없는 주장일 뿐입니다."

드래곤 에이전시의 변호사는 어떻게 해서든 사건을 덮고자 했지만 이미 검사는 관련 증거를 다 확보한 후였다.

증인이 없다면 모를까, 이미 확실한 증인이 있는 이상 어디를 뒤져야 할지는 어렵지 않게 알 수 있었으니까.

"재판장님, 여기 리지 던컨이 피부 관리를 받았던 업체에서의 증언이 있습니다. 그 증언에 따르면 계산은 신분을 밝히지 않은 세 사람이 현금으로 했다고 합니다."

검사는 이미 확보한 증거를 흔들며 언성을 높였다.

이번만큼 확실한 증거를 얻는 사건은 흔하지 않았기에 그도 잔뜩 흥분한 상황이었다.

미 전역에 자신의 얼굴이 나갈 만한 뉴스가 얼마나 되겠는가?

여기서 지면 진짜 무능한 검사로 전국적으로 찍히는 거다.

하지만 이기면? 성장의 발판이 될 테고 말이다.

그리고 이번 싸움은 무조건 이기는 일이었다.

"그리고 그들이 비용을 제공한 여성은 여기 리지 던컨 씨만이 아닙니다. 총 여덟 명의 여성에게 관리를 제공했습니다."

물론 여덟 명의 여자에게 피부 관리를 제공했다는 것이 불법은 아니다. 하지만 문제는 그 여자들의 신분이다.

"공교롭게도 말입니다, 그중 두 명에게 유명 스타들과의 친자 관련 사건이 발생했습니다. 상대는 닐 드럭스 선수, 그리고 케빈 윌러 선수였습니다."

순간 증인석에 있던 닐 드럭스와 케빈 윌러는 이를 뿌드득 갈았다.

그도 그럴 게 그로 인해 그 두 사람의 인생은 시궁창으로 처박혔던 것이다.

"닐 드럭스 씨는 NFL의 유명 선수이고 케빈 윌러 씨는 NBA의 유명 선수입니다."

미국의 프로 미식축구와 프로 농구 선수인 두 사람은 주송도처럼 여자 문제로 엮였다.

"그리고 그 사건으로 컨디션 난조를 겪으면서 둘 다 방출되었지요. 재미있는 건, 그 후에 그 자리를 차지한 것이 모두 드래곤 에이전시 소속의 선수라는 겁니다."

검사의 말에 드래곤 에이전시 쪽 변호사는 꿀 먹은 벙어리가 되었다.

사실 그것만이라면 어떻게 해서든 방어할 수 있을지도 모른다. 하지만 절대 방어할 수 없는 것이 있었다.

"더 큰 문제는, 이것이 전부가 아니라는 겁니다. 주요 선수들이 협박받은 사건! 조롱자의 진실이 여기에 있습니다."

조롱자. 이는 선수들과 구단들이 가장 골치 아파 하는 사건 중 하나다.

미국은 사건에 이름을 붙이는 전통이 있다. 가령 전기톱

이것이 법이다

살인마라는 식으로 말이다.

그리고 조롱자는 협박범이다.

단순 협박이야 문제가 되지 않는다. 사실 스포츠 스타들에게 협박은 딱히 이상한 일도 아니다. 실력이 좋을수록 라이벌 구단 팬들이 분노하니까.

하지만 조롱자의 경우는 언제든 죽일 수 있다고 협박한다는 점에서 그 심각성이 달랐다.

조롱자는 저격용 라이플로 선수를 쏴 버린다.

근데 진짜로 맞히는 게 아니다. 주변을 고의적으로 쏴 버려서 너를 노리고 있다는 것을 알린다.

선수의 멘탈이 아무리 강해도, 언제 어디서 총알이 날아올지 모르는 상황에서 제대로 된 컨디션이 나올 리가 없다.

그래서 조롱자의 표적이 된 선수들은 급속도로 실력 하락을 겪다가 결국 은퇴하게 된다.

그렇다고 그걸 막을 수도 없는 게, 저격용 라이플의 사거리는 500미터가 넘는다. 즉 그걸 막기 위해서는 선수를 기준으로 1킬로미터를 봉쇄해야 한다는 건데, 그게 가능할 리가 없다.

그런데 이번에 잡힌 놈들의 차량에서 저격용 라이플이 나왔고, 그 총의 탄흔이 그간의 조롱자의 탄흔과 일치한다는 게 드러났다.

"마치 마법처럼, 드래곤 에이전시 소속의 선수에게 자리가 필요해지면 누군가 공격받거나 협박받거나 소송을 당하면서 그 자리가 나왔습니다. 이게 우연일까요?"

우연일 리가 없다.

검사의 말에 분노에 찬 선수들은 드래곤 에이전시 쪽을 노려보았고, 그들은 아무런 말도 할 수가 없었다.

재판은 사실상 끝났다. 라이엄 그랜트와 드래곤 에이전시는 파멸을 막기 위해 노력하고 있지만 불가능했다.

속해 있던 선수들은 분노해서 이미 모조리 계약 해지를 선언해 버렸다. 까딱 잘못하면 그 자리를 요구한 게 자신들이라고 엮일 수 있기 때문이다.

당연히 미국에서 가장 잘나가던 스포츠 에이전시는 껍데기만 남게 되었고, 직원들조차도 대부분 사표를 쓰고 나간 상황.

그리고 이제는 마지막 이별만 남았다.

"저기…… 그…….."

어스름한 새벽. 허름한 창고에서 리지 던컨은 하이드 맥핀에게 조심스럽게 말을 건넸다.

"마지막으로 조세핀을 볼 수 있을까요?"

그 말에 하이드 맥핀은 피식하고 웃었다.

"이제야 모성애라도 생긴 겁니까?"

"그게…….."

"미안하지만 안 됩니다."

그녀는 이제 사라져야 한다. 당연히 과거의 기록도 미련과 함께 없어져야 한다.

"미안하지만 이제 그 아이는 당신 아이가 아니라 제 아이예요."

하이드 맥핀의 뒤에 있던 여자가 차갑다 못해서 소름이 끼칠 듯한 목소리로 말했다.

"당신은 아이를 볼 자격이 없어요."

주송도의 아내였다.

그녀는 한국인이 아니라 미국인이기에 미국에 있었고, 이번 사건으로 남편과 싸우기는 했지만 그래도 납득은 했다.

어찌 되었건 자신을 만나기 전에 있었던 일이고, 좋아서 생긴 것도 아니고 철저하게 리지 던컨이 주송도를 속인 거니까.

그리고 사건의 전말을 듣고는 분노했다.

그녀 입장에서는 갓난아이를 굶겨 죽이려고 했다는 사실을 용납할 수도 용서할 수도 없었고, 결국 주송도에게 자신이 조세핀, 아니 이제는 안젤라를 키우겠다고 선언했다.

"유감하지만 제 아이한테서 떨어지세요. 제 남편에게서도."

그 말에 리지 던컨은 고개를 숙였다.

후회가 밀려왔지만 이미 돌이킬 수 없는 상황이었다.

"죄송합니다."

"사과가 너무 늦었습니다."

하이드 맥퓐은 차갑게 말했다.

그리고 곧 리지 던컨의 뒤로 FBI 요원이 다가왔다.

"시간 되었습니다."

이제 그녀가 세상에서 사라질 순간이다. 누구도 모르는 곳에서 모르는 이름으로 살아가야 한다.

그녀의 아버지와 어머니는 이미 차에서 기다리고 있었고, 그 차가 출발하면 과거로는 돌아오지 못한다.

"꺼지세요. 미련 가지지 말고."

좋게 말하기에는 그녀가 저지른 죄가 너무 크기에 하이드 맥퓐은 그렇게 말했고, 리지 던컨은 고개를 숙이고 힘없이 FBI의 차량으로 걸어갔다.

이제 그녀는 역사에서 완전히 사라졌다.

"괜찮으십니까? 안 오셔도 되는데."

그녀가 멀어지자 하이드 맥퓐은 주송도의 아내에게 물었다.

"솔직히 안 괜찮아요. 하지만 확실하게 마무리되는 걸 제 눈으로 보고 싶었어요."

"안 그러셔도 되는데."

"이제 제 아이입니다. 과거가 제 아이에게 영향을 미치는 꼴은 눈뜨고 못 봐요."

그녀는 사라져 가는 차량의 마지막 모습을 보면서 속 시원하다는 듯 말했다.

"돌아가죠."

그녀가 자기 차로 돌아가자 부하 직원이 하이드 맥핀에게 다가왔다.

"와, 저 여자도 엄청 독하네요?"

"그러게 말이야. 보통은 안 오는데 말이지."

하이드 맥핀은 머리를 긁적거렸다.

"그나저나 진짜 소송이 터지네요. 터져."

라이엄 그랜트와 드래곤 에이전시의 사건이 방송에 나가고 난 후에 스포츠 스타들이 드림 로펌으로 몰려들기 시작했다.

이제 임신 공격은 사실상 불가능하게 된 것이나 마찬가지였다.

각 구단에서도 그동안 각자의 성생활은 방치하고 있었지만 이런 사태를 방지하기 위해 교육하기로 했다는 소리가 들려왔다.

물론 남성호르몬이 넘치는 스포츠 스타들이 여자를 안 만날 거라 기대하기는 힘들다.

하지만 명백한 사례가 있으니 그 사례에 대한 교육과 살정제 등 관계 시 피임에 대해 교육한다고 하니 아마 이런 문제가 많이 줄어들기는 할 거다.

"노 변호사님한테 도움을 받고 싶을 정도라니까요. 워낙 사건이 많아서."

"아마 안 될걸."

"네? 왜요?"

"노 변호사님은 지금 한국에서 뭔가 큰 건을 하시는 모양이더군."

"큰 건요?"

그게 뭔지 궁금하다는 표정의 부하 직원에게 하이드 맥핀이 어깨를 으쓱하며 말했다.

"아마 한국의 미래가 바뀔 만한 일일 거야."

그는 이제는 사라진 차량이 있는 방향을 바라보면서 조용히 중얼거렸다.

이것이 법이다

호가호위

　대한민국의 대통령 임기는 5년 단임제.

　당연히 대통령 선거도 5년에 한 번 있다.

　하지만 정치인에게 있어 대통령 선거의 사이클은 일반인과 다르다.

　정치인에게 있어서 대통령 선거의 시기는 실질적으로 대략 2년 더 일찍 시작된다.

　"박기훈의 레임덕이 심해지고 있네."

　송정한 의원의 사무실. 그곳에서 노형진은 송정한과 담소를 나누고 있었다.

　그러나 담소라고 해서 마냥 즐겁기만 한 이야기는 아니었다.

　"그거야 당연한 거 아닙니까?"

5년에 걸친 대통령 임기 중 3년이 지나면 레임덕이라는 게 온다.

레임덕이란 다음 대통령이 될 사람에게 충성하기 위해 사람들이 줄을 서기 시작하면서 자연스럽게 현 대통령의 힘이 빠지는 현상이다.

그나마 이 시기의 초반에는 괜찮다. 하지만 후반쯤 되면 아예 대놓고 반기를 드는 사람들이 나타날 정도로 레임덕이 심각해진다.

"뭐, 안 그런 시기가 없었지 않습니까? 연임도 아닌 단임인데."

"그건 그렇지. 문제는 그 불똥이 나한테 튀고 있다는 거고."

"송 의원님에게요?"

노형진은 의외라는 듯 그를 바라보았다.

"자네도 알지 않나, 레임덕이 오기 시작하면 무슨 일이 벌어지는지?"

"하긴, 그건 그렇습니다."

레임덕이 오면 대통령의 힘만 빠지는 게 아니라, 굳이 표현하자면 군웅할거의 시대가 시작되는 거다.

죄다 대통령 자리 하나 노려 보려고 혈안이 돼서 눈을 번뜩거린다.

그리고 대통령에 당선되기 위해서는 지명도가 최우선이

다.

그렇다 보니 이 시기만 되면 정치인들은 자신의 지명도를 올리기 위해 혈안이 되는 것과 동시에 상대방에게 더러운 이미지를 뒤집어씌우기 위해 몸부림치게 된다.

"그리고 현재 민주수호당에서 가장 가능성이 높은 사람은 나지. 안 그런가?"

"그렇죠."

송정한은 노형진이 진득하게 밀어준 사람이다.

그는 다른 국회의원들과 다르게 개혁파, 그것도 상당한 급진 개혁파다.

그리고 개혁이라는 건 기본적으로 권력자들의 힘을 빼앗아 오는 걸 의미한다.

"주변에서 좋지 않게 생각하는 거야 각오한 거 아닌가요?"

개혁을 순수하게 받아들인다? 세상에 그런 미친놈은 없다.

"제가 전에도 말씀드렸지만 말입니다, 세상에 자정작용이라는 건 없습니다."

"씁쓸하지만 사실이군."

자정작용? 물론 뭔 일만 터지면 사람들은 자정작용을 언급하면서 내부에서 다시 태어나겠다고 이야기한다.

하지만 상식적으로 권력도 자리도 그대로인데 그놈들이 자정을 할까? 그럴 리가 없다.

세상에 자정작용이라는 건 없다. 외부에서 압박하지 않으면 세상은 절대 바뀌지 않는다.

　그리고 어떤 식으로든 외부의 압력이 들어오면 그 순간부터 그건 자정작용이 아니다. 개혁이지.

　"그건 나도 동의하네. 문제는 말이야, 그걸 좋아하지 않는 사람이 너무 많다는 거야."

　"그거야 다 아는 이야기 아닙니까?"

　"그러면 이제 벌어질 일도 알겠군."

　"벌써 시작된 겁니까?"

　"그래. 아직은 내부 소문 단계지만."

　커피를 들고 마시던 송정한은 쓰게 웃으며 커피를 내려놨다.

　"내 보좌관이 그러더군, 내부에서 안 좋은 정보가 흐른다고."

　"뭡니까?"

　"내가 자네의 노예라던가?"

　"얼씨구?"

　노예란다. 그런 극단적인 표현까지 사용한다?

　"선거에 들어가기 전에 일단 밟아 보겠다 이거군요."

　"맞아. 그걸세."

　경쟁이 시작되면 국회의원들이 가장 먼저 하는 일이 라이벌에 대한 공격이다.

　자신을 알림과 동시에 라이벌에게 프레임을 뒤집어씌워서 물러나게 만드는 거다.

그래야 자신이 유리하니까.

그게 바로 대통령 임기 3년 차에 들어가면 벌어지는 일이다.

"아마 그건 민주수호당 내부에서 도는 소문일 테고요."

"그게 문제야. 내 편이 그다지 많지 않단 말이지."

그러면 이 시기에 공격은 누가 할까? 다른 당?

아니다. 아직 다른 당의 의원들과 싸울 시기가 아니다. 이 시기에 공격하는 사람들은 같은 당의 사람들이다.

대통령 선거에서 투표하는 건 국민들이지만 이를 위해 각 당에서는 한 명씩 후보를 내야 한다.

당연하게도 그런 경우 국회의원들의 첫 번째 목표는 바로 당의 후보가 되는 거다. 당 후보가 안 되면 대선이고 뭐고 불가능하니까.

"그리고 의원님이 문제가 되는 거군요."

"그래, 그렇지. 그게 문제야."

송정한은 긴 한숨을 내쉬었다.

물론 지명도가 높은 의원들은 여럿 있다. 하지만 국민들의 열망은 개혁이다.

노형진이 많은 걸 고쳤지만 국민들은 마음에 들어 하지 않았다.

정확하게는, 더 화가 날 수밖에 없었다.

왜냐하면 그동안은 힘으로 감춰졌던 사실들이 점점 외부

로 드러나기 시작했기 때문이다.

그동안에는 권력기관들이 똘똘 뭉쳐서 감추던 치부들이 하나둘 외부로 터져 버렸으니.

개혁형 대통령이 권력을 잡았을 때 인기가 떨어지는 이유가 바로 그거다.

원래 있던 문제는 쉬쉬하다가 개혁형 대통령이 나오면 임기 중에 마치 그 사람의 잘못인 것처럼 뒤집어씌운다.

대표적인 게 바로 산업재해 같은 거다.

자기들과 권력을 나누는 대통령이 있을 때는 1천 명이 죽어도 1만 명이 죽어도 언론은 입을 꾹 다문다.

하지만 개혁형 대통령이 당선되면 한 명만 죽어도 노동자의 인권이 어쩌고 하면서 물어뜯는다. 그리고 대통령이 제대로 정치를 하지 않는다고 게거품을 문다.

그런데 사실 그런 산업재해는 한두 해 문제가 아니다. 한국이 건국된 이래로 단 한 번도 산업재해가 없었던 연도는 없고, 그중 99%는 막을 수 있지만 막지 않았던 사건들이다.

돈 때문에 말이다.

그렇게 욕을 하다가, 권력이 바뀌면 다시 입을 꾹 다문다.

언론이 입을 다무니 세상은 태평성대처럼 보이지만 그 뒤에서는 매년 수천 명이 산업재해로 목숨을 잃는 것이다.

"이런 소문이 들렸으니 조만간 날 공격해 오겠지."

"흠……."

노형진은 턱을 문질렀다.

"하긴, 그러기는 하겠네요. 어떤 식일지는 모르겠지만."

"그러니까. 하긴, 당해 봐야 알겠지. 자네가 알아볼 수 있는 게 있나?"

"솔직히 힘들죠."

그걸 담당하는 놈이 누군지 모르는 상황. 그 상황에서는 기억을 읽는 건 의미가 없다.

"하지만 걱정 마세요. 그게 누구든 확실하게 밟아 버릴 수 있으니까."

노형진은 자신 있게 말했다.

⚖️

"야, 이건 진짜 생각도 못 했는데?"

"그러게. 우리를 물고 늘어지네요."

"흠, 뭐 그럴듯하기는 하군."

갑자기 언론에서 대서특필하기 시작한 뉴스.

그건 송정한 의원과 새론의 유착 관계에 대한 것이었다.

"우연일까요?"

"그럴 리가요. 모든 언론에서 동시에 이렇게 떠드는 건 결코 우연일 수가 없죠."

무태식 변호사의 말에 노형진은 어깨를 으쓱했다.

"그런데 참, 이걸 상상력이라고 해야 하나?"

"기자들은 기자 생활 때려치우고 소설가를 해야 한다니까요."

"그건 소설가를 모독하는 말입니다. 소설가들은 새로운 세계를 창작하는 사람들입니다, 똥을 싸지르는 게 아니라."

김성식의 말에 무태식이 답하고 노형진이 다시 반박했다.

하지만 그런 세 사람의 얼굴에 당황한 기색은 없었다. 그다지 놀라운 일은 아니었기 때문이다.

"하긴, 가능성 중 하나이기는 했으니."

김성식은 시선을 돌려서 오늘 자 신문을 보았다.

지면에 한 사설 제목이 보였다.

법무 법인 청계와 새론, 두 쌍둥이 기업

우리는 과거 청계라는 법무 법인에 대해 기억한다.

그들은 범죄를 구성해 준 후 그걸 약점 삼아서 권력을 휘두르다 몰락했다.

그런데 그런 조직은 여전히 있다. 바로 새론이다.

한국 권력의 핵심에 앉아 있는 그들은······.

"미친 걸까요?"

"미친 건 아닐 겁니다. 그만큼 절박한 거지."

개혁이라는 건 기득권의 힘을 빼는 행위. 당연히 기득권은 힘을 빼앗기지 않기 위해 발악하기 마련이다.

"그리고 사실 힘이 엄청나게 빠진 상황인 것도 맞고요."

"그건 그렇지."

검찰도 법원도 언론도, 회귀 전과 비교하면 상당한 힘을 뺀 상황이다. 하지만 그렇다고 해서 그들이 기득권이 아닌 건 아니다.

"사실 이 시기가 제일 애매하죠."

"그건 그렇지. 나도 수많은 정치인들을 만나 봤으니까."

김성식은 고개를 끄덕거렸다.

그는 과거 중수부를 이끌던 사람이다. 당연히 권력자들의 속성을 누구보다 잘 안다.

"원래 권력자들이 제일 발악할 때가 바로 직전과 바로 직후라네. 특히 살아남았다면 더더욱 그렇지."

권력을 잃어버리기 바로 직전. 그 순간에는 온갖 짓거리를 다 해서라도 권력을 지키려고 한다.

그리고 실패해서 권력을 잃어버리면 그걸 되찾기 위해 발악한다.

"하긴, 이해가 갑니다."

무태식도 고개를 끄덕거렸다.

"모가지를 따 버리는 경우가 아니라면 개혁에는 최소 20년 은 걸리죠."

죽여 버린다면야 문제가 없지만 민주주의국가에서 그건

불가능하다.

당연히 단순히 권력을 좀 잃어버리는 정도로 끝나는데, 그 권력을 되찾기 위해 권력자나 권력 집단은 눈이 돌아간다.

"지금이 딱 그런 시기이기는 하죠."

경찰과 검찰, 언론. 그들은 여전히 권력을 향유하던 시절을 기억하고 있다.

기침 한 번에 국민들이 살려 달라고 발아래에서 벌벌 기던 그 시절.

그 시절을 되찾고 싶어 할 건 뻔한 일.

문제는 그 첫 번째 방해물이 개혁형 대통령이라는 거다.

"박기훈도 개혁형 대통령이었으니까."

나중에야 현실이 어쩌고저쩌고하면서 일부 타협하기는 했지만 그래도 박기훈 대통령은 개혁을 많이 이뤄 냈다. 그건 부정할 수 없다.

"문제는 송 대표님…… 아니, 송 의원님이지."

송정한은 박기훈보다 훨씬 골수 개혁파다.

박기훈은 어느 정도 타협이라도 하겠지만 송정한은 그런 거 없다.

좀 천박하게 말하면 '좆까'를 시전하면서 다 털어 낼 게 뻔하다.

"그러니 현 정치권에서는 필사적으로 막으려 들 테고요."

자유신민당, 민주수호당 같은 정당뿐만 아니라 언론과 검찰과 경찰, 모든 집단에서 매달리고 있는 상황이다.

"아무래도 기회의 문제니까요."

온건 개혁파와 급진 개혁파의 차이는 뭘까? 속도?

가장 큰 차이점은 속도이기는 하다. 온건 개혁파는 천천히 고쳐 나가자는 편이지만 급진 개혁파는 차라리 다 때려 부수고 새롭게 만들자는 소리를 하니까.

하지만 그것 말고도 차이점이 더 있는데, 그건 다름 아닌 책임 소재의 여부다.

온건 개혁파는 기득권에게 책임을 묻는 걸 꺼린다. 책임을 묻기 시작하면 피바람이 부는데, 당연하게도 기득권은 그걸 알아채고 강하게 저항하기 때문이다.

하지만 급진 개혁파는 다르다. 그들은 기득권에게 책임을 묻는 것을 선호한다. 그래야 나중에 다른 놈들이 같은 짓을 하지 않기 때문이다.

실제로 박기훈은 많은 개혁을 했지만 처벌받은 사람은 거의 없었다. 대부분 권력을 잃어버리는 수준에서 끝난 것이다.

"그런데 우리를 엮은 이유가 뭘까요?"

"새론은 강한 힘을 가지고 있죠. 그리고 송정한 의원님의 절대적 아군 아닙니까?"

노형진은 담담하게 말했다.

"모두가 적인 상황에서 우리만 끊어 낼 수 있다고 해도 송 의원님은 대통령이 되기는커녕 감옥행을 피하지 못할 겁니다."

"감옥이라니요?"

"이놈들이 단순히 물러날까요? 그럴 리가요. 이번이 아니더라도 다음번에라도 송 의원님이 후보로 나가는 걸 막고 싶을 겁니다. 당연히 그걸 위해 죄를 조작해 내는 건 일도 아닐 테고요. 검찰하고 법원이 어디 갑니까?"

"끄응, 그건 그렇군."

개혁했다고 해도 그들은 여전히 권력의 핵심 기관이고 권력을 되찾기 위해 노력 중이다.

지금 잠깐 숨죽이고 있다고 해서 방심하면 안 된다.

"애초에 삼권분립은 견제가 목적입니다. 하지만 사실상 삼권분립이 무너진 채로 수십 년이 지났죠."

교과서에 나오는 견제라는 건 이미 상상 속의 제도가 되었고 판사와 검사, 국회의원은 나란히 손잡고 나라를 좀먹고 있었다.

"그게 잠깐 막힌 것뿐입니다."

그리고 이번 기회를 틈타 그들은 권력을 되찾고 싶어 할 거다.

"어찌 되었건 대통령이라는 존재가 특정 기업과 밀접하게 가깝고 그들이 범죄 집단에 가깝다면 약점이 되니까요."

새론이 그런 기업이 아니라는 사실은 중요하지 않다. 일단 의심부터 던지고, 아니면 마는 거다.

"심리적 함정인 거죠."

이런 이야기가 부담이 돼서 송정한과 새론이 서로 거리를
둬도 이득이고, 반대로 더 결속돼도 자기 말이 맞다고 주장
할 수 있게 되는 거다.

"그렇다고 해서 우리가 사설을 터치할 수도 없고요."

"터치하지 않으려고?"

"거짓말을 한 건 아니니까요."

사설은 말 그대로 개인적인 의견일 뿐이다.

언론에서 거짓말하지 못하도록 확실하게 법을 고치기는 했
지만 사설은 의견일 뿐이기에 진실 여부를 판단할 수 없다.

"이 상황에서 우리가 사설 위원을 공격하면 함정에 빠지는
거죠."

공격하면 저쪽의 말대로 이쪽은 부도덕한 기업이 된다.

하지만 그렇다고 그냥 두자니, 개소리를 찍찍 해도 건드리
지 못하는 꼴이 된다.

"그런가요?"

"무태식 변호사님은 잘 모르시겠나 봅니다."

"저는 정치질은 잘 모르겠다니까요."

무태식은 머리를 긁적거렸다.

하긴, 그는 정치적 사건에는 유독 관심이 없었다.

애초에 그는 새론의 창립 멤버임에도 불구하고 성적이 부
족해서 검사나 판사는 되지 못했다.

성격상 성적만 충분했다면 검사가 되어서 범죄자를 때려

잡고 다녔을 것이다.

"그럼 이건 곤혹스러운 상황인 건가요?"

"뭐, 그것까지는 아닙니다. 사실 정치계에서는 이게 공격의 첫 단계거든요."

첫 번째가 소문 흘리기.

두 번째가 그 소문을 기반으로 사설 쓰기.

세 번째가 언론에서 그 소문을 기반으로 물어뜯는 것.

네 번째가 그 뉴스를 기반으로 관변 단체나 산하단체에서 고발을 진행하는 것.

그리고 다섯 번째가 그 고발을 기반으로 상대방을 법적으로 족치는 것이며, 마지막인 여섯 번째가 재판에서 영혼까지 털어 버리는 거다.

이 여섯 단계를 거치면 대한민국의 사람들은 진짜 차라리 죽여 달라고 빌게 된다.

이때쯤 되면 없는 죄도 만들어지고 사람들에게는 천하의 개쌍놈이 되어 있다.

수십 년간 벌어진 방식이지만 누구도 막지 못했다. 심지어 전임 대통령조차도 이 방법에 자살을 선택했다.

"그리고 전 세계의 부패한 나라들에서 나타나는 공통적인 현상이지요."

"으음……."

그 말에 무태식은 신음을 냈다. 그럴 줄은 몰랐으니까.

"하긴, 법이 정의로운 건 아니니까."

법은 정의롭다. 그러나 그건 우민화를 위해 사람들에게 새겨 둔 세뇌일 뿐이다.

법은 정의롭지 않다.

그렇다면 칼이 정의로운가? 아니면 총이?

그도 아니라면 차량이 정의로운가?

아니다. 누구도 그런 도구에 정의롭다는 말은 붙이지 않는다.

법은 누가 쓰는지에 따라 정의가 달라지는 도구일 뿐이다.

즉, 법을 이용하는 자가 정의롭다면 법은 정의를 실현하는 도구가 되고, 정의롭지 않다면 살인을 저지르는 도구가 된다.

"그러면 자네는 이걸 어떻게 할 건가? 공격하기도, 공격하지 않기도 애매한데."

공격하자니 저들이 물어뜯을 게 뻔하고, 공격하지 않자니 저들이 자연스럽게 단계를 밟아 가면서 결과적으로 송정한을 파먹을 거다.

"보고만 있을 수는 없죠."

"하지만 언론 탄압이라고 뭐라고 할 텐데요."

"지난번처럼 광고로 압박하려고? 그때야 어차피 개인이었고 회사였다지만 이건 정치인이 관련된 거라 쉽게 포기하지 않을 텐데."

그리고 언론 입장에서도 차라리 최대한 버텨서 권력을 되찾는 걸 선택할 거다.

"압니다. 사실 그걸 가지고 건드리는 건 위험하죠. 지금 경제가 개판인데."

코델09바이러스로 인해 경제가 개판인 상황에서 광고를 막으면 기업의 파산과 직결될 거다.

기업 입장에서는 이렇게 죽나 저렇게 죽나 마찬가지라고 생각할 가능성이 크니, 당연히 살기 위해 발악이라도 해 보는 쪽을 선택할 것이다.

"그리고 그런 방법을 자주 쓰는 것도 좋은 방법은 아니고요."

"하지만 그러면 어떤 식으로 건드리려고 그러는 건가? 뭘 해도 송정한 의원님에게 부담이 될 텐데."

"아, 송 의원님에게는 피해가 없을 겁니다."

"어째서?"

"우리가 문제니까요."

"우리가?"

"사설에서 터트린 건 송 의원님이 아닙니다. 우리지."

과거에 존재하던 청계라는 범죄 집단과 엮어 그 이미지를 뒤집어씌움으로써 새론이 움츠러들기를 바란 것이다.

"그러니까 당연히 고소해야지요."

"고소? 언론을?"

"네. 우리가 언론을 두려워하지 않는다는 걸 보여 줘야지요. 더군다나 이건 출판물에 의한 명예훼손입니다."

출판물에 의한 명예훼손은 처벌 수위가 일반적인 처벌과 완전히 다르다.

"하지만 이게 정말 출판물에 의한 명예훼손으로 처벌될까요?"

무태식은 미심쩍다는 듯 물었다.

이미 검찰과 법원에서 방향을 잡고 죄를 뒤집어씌우고 있는 상황.

그들은 자기편이라고 생각하면 사람을 죽여도 처벌하지 않는다.

"압니다. 처벌하지 않을 겁니다. 바로 그게 제가 노리는 거고요."

노형진의 말에 두 사람은 고개를 갸웃했다.

"우리도 시간을 끌어야 하니까요. 겸사겸사 우리 새론의 가장 큰 문제도 해결하고요."

"새론의 가장 큰 문제?"

두 사람은 그게 뭔지 몰라서 어리둥절한 표정이 되었다.

⚖️

새론은 노형진의 계획에 따라 사설을 쓴 사람들을 출판물에 의한 명예훼손으로 고소를 넣었다.

당연히 고소하자마자 언론에서 언론 탄압이라면서 게거품

을 물고 새론을 공격하기 시작했다.

그들은 그 사실과 새론을 세운 송정한을 엮어 대한민국의 민주주의를 파탄 내는 주범이라고 미친 듯이 떠들기 시작했다.

"인생을 돌아보게 되는군."

언론에서 떠드는 걸 보면서 송정한은 쓰게 웃었다.

"인생을 말입니까?"

"그래, 이것만 보고 있으면 내가 저 북에 있는 김씨 일가보다 훨씬 나쁜 놈인 것 같군그래."

"하하하."

노형진은 그 말에 크게 웃을 수밖에 없었다. 실제로 언론의 논조를 보면 그랬으니까.

"그나저나 예상은 했으니까 이런 짓을 했다고 말했는데 어쩔 건가? 검찰은 확실히 노선을 정한 모양인데."

고소했지만 검찰도 경찰도, 고소당한 사설 위원을 소환하지 않고 있다. 도리어 사설 위원은 새론을 무고죄로 역고소했는데, 신기하게도 먼저 고소당한 사설 위원보다 새론에 소환장이 먼저 도착했다.

"아마도 우리에게 무고를 뒤집어씌울 겁니다. 그러면 저쪽은 별문제 없이 흐지부지될 테니까요."

"알면서 그런 건가?"

"네, 그런 겁니다."

노형진은 고개를 끄덕거렸다.

애초에 새론에서 고소한 건 아마 조사조차도 안 될 거다.

"그러면 어쩌려고?"

"간단합니다. 저들에게 본색을 드러냈다고 생각하게 만들면 됩니다."

"본색을 드러내?"

"청계 출신들을 영입할 겁니다."

"자네 미쳤나?"

노형진의 말에 송정한은 어이가 없어서 다시 한번 확인하듯 물었다.

그도 그럴 게 청계가 어떤 존재인가?

권력자들을 위해 계획범죄를 세워 주고 그 사실을 약점으로 잡아 권력자들을 뒤에서 쥐고 흔들어서 대한민국을 지배했다.

그런데 그들을 포섭한다니?

"뭐, 어차피 지금 청계 놈들은 이빨 빠진 호랑이…… 아니 호랑이도 안 되죠. 고양이 아닙니까?"

"그렇지."

그 사건이 새론과 노형진에 의해 터진 후, 청계는 말 그대로 박살이 났다. 소속 변호사들은 대부분 감옥에 갔고 그나마 출소한 자들도 다른 곳에 가지 못했다.

대형 로펌은 꿈도 못 꿨고, 자기들끼리 뭉쳐서 작은 로펌이라도 해 보려고 해도 새론과 주변의 따가운 시선 때문에 제대로 활동도 하지 못하는 게 현실이었다.

"하지만 어찌 되었건 변호사는 변호사죠."

법조 권력은 아주 강력하다. 사람을 죽여도 의사의 면허를 완전히 취소시키지는 못하는 것처럼, 뭔 짓을 해도 변호사의 자격을 취소시킬 방법은 없다.

그래서 그들은 대부분 개인 변호사 사무실을 통해 간신히 먹고살고 있다.

"사실 그마저도 못 하는 사람들이 많고요."

청계라는 꼬리, 거기다가 새론의 견제 등등 일부는 변호사 자격이 있음에도 불구하고 결국 변호사 활동을 포기하고 다른 직장에 다니고 있었다.

"그런 그들을 포섭해서 우리 새론의 휘하에 넣는다면 어떤 말을 할까요?"

"욕하겠지."

"할 수 있을까요?"

"응? 무슨 소리인가?"

"저들이 우리를 공격할 수 있는 건 우리가 자기들을 공격하지 않을 거라는 걸 알기 때문입니다."

공격하기 애매하다는 것. 그건 새론의 회의에서도 나온 말이었다.

"새론은 청계가 아니야."

새론은 청계가 아니다. 언론에서는 청계인 것처럼 신나게 씹어 대면서 욕했지만 새론은 청계가 될 수 없다.

물론 사회적인 파급력만 본다면 새론의 힘이 약하다고는 절대 볼 수 없다. 그건 사실이다.

하지만 결정적인 차이가 있는데, 그건 범죄 설계를 해 주지 않는다는 거다.

그 차이는 엄청나게 크다.

새론은 방어와 승리를 위해 종종 위법과 합법의 사이에서 장난치거나 사소한 위법을 저지르기도 하지만, 그건 실력 좋은 대부분의 로펌에서 하는 행위다.

청계처럼 약점을 잡기 위해 살인이나 사기, 집단 학살 같은 짓을 하지는 않는다.

"압니다. 그리고 그걸 알기에 사설과 언론에서 신나게 물어뜯는 거죠."

노형진은 담담하게 말했다.

"송 의원님도 아시겠지만 존중이라는 건 상대방에 대한 두려움에서 시작됩니다."

"뭐?"

"세상에서 만만한 사람일수록 애석하게도 먹잇감이 될 가능성이 더 높아집니다."

웃긴 일이지만 현실이 그렇다.

착하고 올바른 사람이 죄를 뒤집어쓸 가능성이, 사람을 두들겨 패는 깡패 새끼가 저지른 죄가 신고될 가능성보다 높다.

"두려움이라 이건가?"

"네. 저들은 우리가 어떤 방법을 쓸지, 그리고 우리가 어떤 방식으로 보복할지 압니다. 사실 수십 년 동안 해 온 일이니까요."

그리고 이겨 볼 만하다고 생각한 것이다. 오래 준비했을 테니까.

"새론은 오랜 시간을 그들과 싸웠습니다. 그들의 범법 행위, 그리고 그들의 욕망을 찍어 눌렀죠. 그 과정에서 사실 쳐 낼 만한 놈들은 대부분 쳐 낸 게 사실이고요."

새롭게 올라온 놈들은 권력에 대한 욕망이 간절하겠지만 청계의 방식대로 범죄행위를 기반으로 보복하기에는 상대적으로 깨끗할 거다.

"그러니까 저쪽은 버틸 수 있다고 판단한 거죠."

"그거야 알겠는데……."

송정한은 걱정스러운 얼굴이 되었다.

아무래도 청계라는 이름은 법률계 추문의 대명사니까.

"그런데 우리가 그런 놈들을 모으면……."

"네, 맞습니다. 대놓고 보복하겠다는 의미가 되겠지요. 정확하게는, 그게 제가 원하는 이미지입니다."

"이미지라고?"

"호가호위라고 하지요?"

호가호위. 여우가 호랑이의 위세를 빌려서 기세를 부린다.

즉, 뒤에 있는 권력을 배경 삼아서 자기 마음대로 전횡을 한다는 의미다.

"일반적으로 보면 분명 우리가 힘이 강합니다. 하지만 깨끗하죠. 그러니까 저들은 공격해도 될 거라 생각합니다."

반면에 청계는 아니다.

청계는 더럽고 추잡하다. 그리고 동시에 두려움의 대상이다.

"일반적으로는 누군가가 새론의 이름으로 호가호위하겠지만, 이번에는 우리가 청계의 이름으로 호가호위를 하는 거죠."

더러운 이미지를 가진 청계, 그들의 이미지를 빌려 온다는 뜻이다.

"허."

노형진의 말에 송정한은 어이가 없었다.

하지만 생각해 보면 완전히 불가능한 말은 또 아니었다.

나중에 문제가 되는 사건들을 보면 대부분 상대방이 보복할 힘이 없는 경우다.

가령 성추행 사건만 해도 그렇다.

가해자가 진짜 권력을 쥐고 있는 경우에는 절대로 터지지 않는다. 그가 권력을 잃거나 선거와 같은 아주 중요한 상황에서 모 아니면 도와 같은 극단적인 선택을 해야 할 때 터져 나온다.

"그리고 그 당시에 청계와 거래한 국회의원들은 엄청나게 많습니다."

청계는 그 당시 대한민국의 주요 사건을 싹쓸이했으니까.

"만일 우리가 그들을 영입해서 인사를 한번 좍악 돌리면 어떻게 될까요?"

아마도 모두 입을 꽉 다물 거다.

"하지만 청계 출신들도 지금은 조용히 살지 않나?"

"그거야 그들은 지금 스스로를 지킬 힘이 없으니까요."

잘해 봐야 두어 명 모인 로펌, 대부분은 개인 변호사 사무실에서 일하고 있다.

그런 그들을 찍어 누른다? 권력자 집단의 힘도 필요 없다.

국회의원이 경찰에 전화 한 통만 하면 개처럼 두들겨 맞으면서 질질 끌려 나올 거다.

"우리는 청계라는 이름으로 호가호위를 하고, 반대로 청계 출신들은 우리를 배경으로 호가호위하는 거죠."

노형진은 씩 웃으며 말했다.

"물론 범죄 설계를 하게 놔두지는 않겠지만요."

중요한 건 청계 출신의 변호사들에게 권력을 빌려준다는 거고, 그걸 받은 청계 출신들은 과거에 만들어 둔 약점을 이용할 수 있는 힘을 가지게 된다는 거다.

"자네…… 정말 모든 걸 이용하는군."

자신이 때려죽였던 청계. 그 청계의 이름조차도 이용하겠다는 노형진의 말에 송정한은 혀를 내두를 수밖에 없었다.

"뭐라고?"

청계의 이사 출신인 오지도는 자신을 찾아온 노형진의 요구에 어이가 없었다.

"같이 일하자고?"

"그렇습니다."

"난 네놈 때문에 4년을 교도소에서 썩었어! 그런데 같이 일하자는 말이 나와!"

오지도는 소리를 버럭 질렀다.

무려 4년. 그것도 검사 출신이었던 그였기에 교도소에 있던 죄수들의 대우는 절대로 좋지 않았다.

온갖 고생을 하고 간신히 출소했지만 변호사로서 일하는 건 불가능했다.

"이 꼴 보여? 이 꼴이 보이느냐고!"

오지도는 쓰고 있던 모자를 집어 던졌다.

현재 그는 다름 아닌 아파트 경비원으로 일하고 있었다.

주민들에게 굽실거리며 매일같이 노구를 이끌고 순찰해야 했다.

과거에 커피 한 잔 안 타던 그는 쓰레기를 뒤지며 분리수거를 하고, 버려진 음식물 쓰레기를 치우고, 물청소를 해야 했다.

남이 타 주던 커피? 돈이 없어서 관리 사무실에 있는 믹스 커피를 조금씩 훔쳐다 타 마셔야 하는 게 그의 처지다.

그런데 자신을 그런 상황으로 내몬 당사자인 노형진이 직접 와서 같이 일하자고 하다니.

"엄밀하게 말하면 저 때문은 아니죠. 범죄 설계를 한 건 제가 아니라 오지도 변호사님 아니십니까?"

"그래, 그랬지. 그래서 몰락했지. 그래도 네놈이 날 몰락시켰다는 것은 틀린 말이 아니야. 그런데 뭐? 나랑 같이 일하자고?"

"네."

"꺼져!"

오지도는 이를 드러내면서 으르렁거렸다.

하지만 노형진은 쉽게 물러날 생각이 없었다.

"그러면 죽을 때까지 여기서 커피 믹스나 훔치면서 사실 겁니까?"

노형진은 힐끔 테이블에 놓인 커피 믹스를 보면서 말했다.

"커피 믹스 절도도 결국은 절도인 거 아시죠?"

"너…… 이 새끼……."

그 말에 오지도의 얼굴이 사색이 되었다. 그제야 노형진의 특기가 기억난 것이다.

상대방의 범죄 사실을 물고 늘어지고, 그걸 크게 키워서 파멸로 몰아붙이는 게 노형진의 특기.

물론 고작 커피 믹스 몇 개 몰래 가지고 가는 걸 관리 사무실에서 뭐라고 하지 않을 것이다. 서로 알고 지내는 사이니까.

아마도 노형진이 뭐라고 해도 고발까지는 하지 않을 거다.

"하지만 어딜 가나 진상은 있기 마련이거든요."

노형진은 싱긋 웃으며 말했다.

"진상에게 경비원 하나가 관리 사무실의 비품을 자꾸 훔친다고 하면 어떻게 될까요?"

"그⋯⋯."

"그리고 그 사람이 과거에 청계에서 잘나가던 이사라고 하면 어떻게 될까요?"

"⋯⋯."

"제가 아는 진상들이라면 아마 눈깔이 돌아갈 것 같은데요."

진상들은 자격지심이 심한 경우가 많다. 그래서 그들은 어떻게 해서든 자신의 자존심을 세우기 위해 온갖 진상을 부리는 거다.

상대방이 고개를 숙일수록 자기의 위치가 더 높아진다고 생각하니까.

그런 상황에서 과거 청계의 이사까지 했던, 성공했다가 몰락한 경비원이 커피 믹스를 훔치고 다닌다는 걸 알게 된다면 어떻게 할까?

'뭐, 그럴 수도 있지.'라고 이해하고 넘어갈까? 아니면 경찰을 부르고 개지랄을 떨까?

'그래, 이런 놈이었지.'

오지도는 자신도 모르게 털썩 주저앉았다.

커피 믹스 몇 개? 아주 작고 사소한 문제다.

하지만 그 사소한 문제를 감당 못 하는 수준으로 키우는 데에 천재인 사람이 다름 아닌 노형진이다.

그 어떤 변호사가 아파트 진상을 이용해서 개지랄을 떨게 만들겠는가?

"나, 나보고 어쩌라는 거야……."

주저앉은 오지도의 늙은 눈에서 눈물이 나왔다.

변호사로서 일하려고 했지만 불가능했다. 받아 주는 곳도 없었다.

범죄 추징금으로 전 재산을 털렸기에 개인 사무실도 얻지 못해서 변호사 노릇도 할 수 없었다.

남은 재산도 이혼당하면서 아내가 모조리 쓸어 갔다.

그는 작은 고시원에서 살며 경비 노릇으로 하루하루 먹고 사는 퇴물일 뿐이었다.

"새론으로 오십시오."

"가서 뭘 어쩌라고? 이제 와서 새카만 후배들에게 굽실거리기라도 하라는 거야?"

변호사들 사이에서도 혐오의 대상, 그게 바로 청계 출신이다.

다른 곳에서도 그런데 하물며 그런 청계를 무너트린 새론에서 그를 따뜻하게 대우해 줄 리가 없다.

"간단하게 말하죠. 대외 협력 팀장을 해 주시면 됩니다."

"대외 협력 뭐?"

"청계 출신들을 모집할 겁니다. 그리고 그들을 묶어서 대외 협력 팀을 발족할 겁니다."

"자네 미쳤나?"

세상에 청계 출신으로 대외 협력 팀을 만든다고? 상대방이 도망이나 안 가면 다행이다.

"누가 우리한테 일을 맡긴단 말인가?"

"우리죠."

"뭔 소리야?"

"이야기가 길어질 것 같으니 잠깐 들어가서 이야기하시죠, 날씨도 추운데."

노형진은 경비실을 가리키며 말했다.

오지도는 이를 뿌드득 갈았지만 달리 방법이 없었다. 방금 전 노형진이 말한 것처럼 시작도 하기 전에 이미 그에게 약점을 잡혔기 때문이다.

결국 입구를 비켜 주자 안으로 들어온 노형진은 경비원들이 쉬는 빈 의자에 대충 앉았다.

"뭘 원하는 거야?"

"새론의 가장 큰 문제가 뭔지 아십니까?"

"병신 같다는 거."

욕설을 하면서 이를 드러내는 오지도.

그런데 돌아온 대답은 의외였다.

"뭐, 비슷하기는 하네요."

"비슷해?"

"새론의 이미지는 너무 착해요. 그게 문제죠."

"뭐? 뭔 개소리야?"

새론의 이미지는 착하다. 그래서 피해자들이 많이 온다.

실제로 새론은 피해자들을 구제하는 데 많이 노력하는 곳이기도 하다. 게다가 수임료도 싸고 능력도 뛰어나니 전국에서 피해자들이 몰려든다. 그래서 수임하는 사건도 상상을 초월할 정도로 많다.

"하지만 법은 공정해야 하죠. 그리고 새론의 문제는 거기에서부터 시작됩니다."

"돌려서 말하지 말고 제대로 말해. 아니면 꺼지든가."

"간단하게 말하죠. 저희는 인성 위주로 변호사를 뽑습니다. 하지만 그 때문에 대부분 피해자 위주로 일하려고 합니다."

당장 노형진만 해도 대부분 피해자 입장에서 사건을 담당한다. 실제로 피해자들이 엄청나게 몰려드는 새론이니까 그게 도움이 되기는 한다.

"하지만 변호사를 선임하는 가장 큰 대상은 가해자죠."

가해자들은 자신의 형량을 줄이기 위해 변호사를 선임한다. 그건 정상이다.

"다만 우리 새론의 변호사들은 그런 가해자의 사건을 담당하는 걸 탐탁잖게 생각한다는 겁니다."

물론 누명이나 실수 같은 건 변호해 준다. 그러나 고의적인 사건이나 확실한 범죄의 경우는 탐탁잖게 생각한다.

'실제로 그런 사건들은 소홀히 하는 경우가 적지 않고.'

새론이라는 이름이 워낙 유명하다 보니 사건을 맡기려고 하는 범죄자가 없는 것은 아니지만, 그들의 사건이 방치된다면 그건 그것대로 변호사로서 문제가 된다.

문제는 현재의 새론은 워낙 피해자 위주로 굴러가기 때문에 가해자의 사건을 담당할 사람이 많지 않다는 것.

"설마……?"

"청계 출신들은 후안무치하고 뻔뻔합니다. 돈만 된다면 뭐든 하려고 했죠."

그리고 모든 걸 잃어버렸다.

"그러니 당신들이 그런 사건을 담당하면 될 것 같은데."

"그런……."

어떻게 보면 모욕이다. 하지만 어떻게 보면 현실적인 문제다.

"당신처럼 바닥에 떨어진 사람들이 한둘이 아니죠. 그러니 그 일을 해 주는 것도 어려운 건 아닐 테고요."

오지도는 이를 뿌드득 갈았다.

하지만 부정할 수도 없었다.

확실히 그들의 변호사 자격증은 아직 살아 있다. 다만 일할 수가 없을 뿐.

"고작 그것뿐?"

"고작은 아니죠. 어찌 되었건 변호사의 본질에 관한 문제니까."

변호사는 처벌하는 사람이 아니다.

게다가 개인이라면 사건을 담당하는 게 자신의 선택이니 그걸 뭐라고 할 수는 없다.

'하지만 새론은 로펌이지.'

개인이 아니라 로펌이고, 업무 중에는 분명 가해자의 의뢰도 있다. 그런데 그런 가해자들의 사건을 자신과 사상이 맞지 않는다고 방치한다면 그건 문제가 된다.

"원하는 게 고작 그거냐?"

"그것뿐이라면 제가 당신을 대외 협력 팀이라는 곳으로 배치하려 하지 않았을 겁니다."

"그러면?"

"요즘 저희를 귀찮게 하는 놈들이 있거든요. 입 좀 닥치게 해 주셨으면 합니다."

"너희를 귀찮게 하는 놈들?"

"네, 모르실 리는 없을 텐데요?"

경비실에 앉아서 할 수 있는 건 별로 없다.

잘해 봐야 신문을 보거나 핸드폰으로 뉴스를 보는 정도.

오지도 정도로 나이를 먹은 사람은 게임에도 익숙하지 않으니까.

당연히 오지도도 지금 언론에서 새론을 대상으로 무슨 짓을 하는지 알고 있다.

그런 짓거리의 목적성까지 아는 건 아니지만, 최소한 그런 방식으로 상대방을 물어뜯는다는 걸 모를 정도로 오지도가 무능한 건 아니었다.

무능했다면 애초에 청계의 이사진까지 올라가지도 못했을 테고 말이다.

"취임하시면 슬슬 인사 좀 다녀야 하지 않겠습니까?"

"인사라……."

오지도는 눈치 빠르게 상황을 알아차렸다.

청계가 망하면서 많은 사건이 묻혔다. 언론과 정치인들은 엮일까 두려워서 청계 변호사들이 입을 닥치게 만들고 사건을 덮어 버렸다.

당연하게도 망해 버린 청계 출신들은 대부분 보복당하지 않으려고 조용히 묻혀 있었다.

"건물 따로 줘. 네놈들이랑 엮이고 싶지 않아."

오지도는 이를 빠드득 갈면서 말했다.

권력을 되찾고 싶은 것은 언론과 검찰 그리고 법원만이 아니었다. 오지도 역시 권력을 되찾고 싶어 했다.

'그리고 그러기 위해서라면 악마와도 손잡는 게 청계 출신들이지.'

노형진은 속으로 미소를 지었다.

악마와도 손잡는 청계 출신이 새론과 손잡는 걸 거부할 리가 없다.

'우리야 사고만 치지 않게 하면 되는 거고.'

자신들이 배경이 되어 주는 대신, 새론 안에서는 더 이상 그런 짓을 못 하게 막으면 그만이다.

하지만 그렇다고 해서 청계 출신들이 저지른 과거의 범죄가 사라지는 건 아니다. 그들을 보호할 수 있는 힘을 가지게 되었을 때라면, 청계 출신은 공포의 대상이 될 수밖에 없다.

"일단 부하들을 포섭해 보세요."

"뭐? 나를 못 믿나?"

"총인원을 알아야 건물을 따로 알아볼 수 있지 않겠습니까? 후후후."

오지도는 청계 출신들에게 연락했다.

그들의 연락처를 확보하는 건 어렵지 않았다. 애초에 청계 출신들은 새론의 관리 대상이기 때문이다.

그리고 과거 청계 출신 중 20%의 인원이 새론으로 오는 데 동의했다.

개인 변호사보다는 새론 쪽이 수익이 훨씬 안정되는 데다, 권력 면에서도 개인 변호사와 새론 출신이라는 차이는 엄청나게 컸기 때문이다.

물론 청계 출신이라고 해서 모두 다 온 건 아니었다.

새론에 원한이 강하거나 고위급이 아니라서 처벌이나 문제 없이 개인 사무실을 운영하거나 기존 로펌에 들어갔던 사람들은 굳이 현재의 위치를 포기하고 새론으로 오려고 하지 않았다.

하지만 그럼에도 불구하고 20%라는 비율은 절대 적지 않았다.

결정적으로 그 비율은 청계에서 교도소에 갔다 와서 사실상 변호사로서 재기가 힘든 자들, 즉 청계의 핵심 인력이라는 소리였다.

그리고 그들이 새론 아래에서 뭉친다는 말에 난리가 난 건 권력자들과 언론이었다.

"뭐? 대외 협력 팀?"

"네, 일단 오지도 이사를 중심으로 해서 청계 출신들이 모이고 있다고 합니다."

"오지도? 그놈을 중심으로 모이고 있다고? 큰일 났네."

오지도라는 말에 일한일보의 사주인 방도언은 정신이 번쩍 들었다.

"오지도가 위험한 놈입니까?"

"위험이라…… . 위험하지."

이사라는 직함에서 알 수 있듯이 과거 청계에서 작업한 수많은 사건에 대해 알고 있는 놈이다.

그래서 사실 그놈이 재기하지 못하도록 이쪽에서도 많은 수를 썼다.

오지도가 노형진과 새론 때문에 망한 건 사실이지만, 재기하지 못한 데에는 그에게 약점을 잡힌 자들의 방해도 있었다.

그가 스스로를 보호할 권력을 얻으면 그 후에는 자기들을 공격할 게 뻔하니까.

그런데 그런 놈이 뜬금없이 새론으로 가다니?

"어떻게 할까요? 지금이라도 처분할까요?"

"처분? 미쳤어? 그놈을 지금 처분하면? 새론에서 어떻게 할 것 같아!"

그렇잖아도 법조인에 대한 살인 문제는 지난번 성화 사건 이후에 심각한 문제로 대두되었기 때문에 아무리 같은 배를 탔다곤 해도 검찰과 법원에서 그냥 넘어갈 리가 없다.

"씨팔. 거기다 팀이라면서?"

"일단 그렇습니다."

"몇 명인데?"

"대략 서른 명 내외라고……."

"하? 서른 명? 그러면 서른 명 다 죽일 거야?"

"……."

"청계 새끼들 방법 몰라?"

그들은 협박할 때 절대로 약점을 한곳에 다 모아 두지 않는다. 은밀하게 여기저기 분산해 놔서, 문제가 터진다고 해도 다 터져 나가지 않게 한다.

그래서 그도 살아남은 거다.

다른 사람들이 청계와 관련해서 잡혀갈 때, 그의 약점을 숨겨 둔 곳은 걸려들지 않았기 때문이다.

"한 새끼만 살아남아도 그거 다 터져 나간다고."

그렇다고 서른 명을 다 죽인다? 그것도 새론 소속의 변호사를?

'노형진 그 새끼가 가만히 있을 리가 없지.'

아니, 나라가 발칵 뒤집어질 거다.

그렇게 되면 불리해지는 건 자신들이다.

권력을 이용해서 변호사를 살해한다는 프레임이 붙어 버리면 그때는 송정한이 문제가 아니라 자기들 모가지가 문제가 되어 버린다.

"젠장, 이걸 어떻게……."

방도언이 고민하고 있을 때 인터폰이 울렸다.

ㅡ사장님, 손님 오셨습니다.

"손님? 누구?"

ㅡ새론의 대회 협력 팀의 오지도 이사님이라고 하십니다.

"오…… 오지도?"

그렇잖아도 그의 이야기를 하고 있는데 갑자기 그가 나타났다는 말에 방도언은 침을 꿀꺽 삼켰다.

"들어오라고 해."

ㅡ네, 사장님.

잠시 후 문이 열리면서 새끈한 양복을 입은 오지도가 들어왔다.

이것이 법이다

"오랜만이네, 오 이사."

"참 오랜만에 뵙습니다, 방 사장님. 마지막으로 만나고 거의 몇 년 만이죠?"

오지도는 웃으며 말했지만 방도언은 그 미소가 두려웠다.

그럴 수밖에 없었다. 마지막으로 만난 게 청계가 살아남기 위해 협조를 요청해 왔을 때니까.

하지만 방도언은 거절했고, 그 때문에 오지도를 비롯해서 청계의 주요 인원들은 감옥으로 끌려갔다.

그리고 오지도쯤 되는 사람이, 자신이 그의 재기를 막았다는 걸 모를 리가 없었다.

"너무너무 뵙고 싶었습니다, 사장님. 감옥에서도 한 번도 잊은 적이 없지요."

"그게……."

마지막 날, 한 번만 도와 달라는 오지도를, 방도언은 경비원을 시켜 끌어냈다. 그리고 가족이라도 살리고 싶다면 아가리 닥치고 감옥으로 꺼지라고 했었다.

그래서 오지도는 아무런 말도 못 하고 감옥으로 가야 했다.

그런 그가 새론이라는 이름을 달고 다시 나타난 것이다.

털썩.

앉으라는 말도 없었지만 오지도는 아주 당연하다는 듯 소파에 앉았다. 그리고 방도언 옆에 있는 직원을 향해 손을 흔들었다.

그걸 본 직원은 어이없는 표정을 지었다.

그 모습을 본 오지도는 피식하고 비웃음을 날렸다.

"방 사장님, 요즘 새끼들은 참 배운 게 없네요."

"으음…… 나가 보게."

"사장님?"

"나가 보래도!"

결국 직원은 밖으로 나갔다.

그러자 오지도는 방도언을 바라보았다.

"……."

서로 다른 생각을 하는 와중에 흐르는 침묵.

'고압적으로 나가라 이거지?'

노형진이 부탁한 것.

뒤는 생각하지 마라. 무조건 고압적으로 나가라.

사실 어려운 일도 아니다. 원래 그렇게 해 왔으니까.

그리고, 그래도 될 만한 힘이 이제는 있으니까.

새론에 들어와서 교육받은 후에 그는 두려움에 떨었다.

새론은 단순히 착하기만 한 로펌이 아니었다. 그들이 숨긴 힘은 한국, 아니 전 세계를 뒤집을 수 있는 것이었다.

'그런 거라면 기꺼이.'

도구로 취급한다?

애초에 청계에서도 자신들은 도구였다. 그 대신에 자신들에게 힘과 권력을 쥐여 줬던 거다.

청계나 새론이나 요구하는 것 같다. 도구로써 충실하라.

방향은 다를지언정 요구가 같다면 누구보다 잘할 수 있는 사람이 바로 오지도였다.

"사장님."

"말하게."

"요즘 기자 새끼들이 참 싸가지가 없어요. 그죠?"

"그, 그게……."

"대체 애새끼들 교육을 어떻게 시키는 겁니까?"

일개 변호사가 언론사의 사장에게 하는 말.

말도 안 되는 소리다.

하지만 지금의 오지도는 그게 가능하다.

원한다면 이제 방도언 정도 되는 사람은 지워 버릴 수 있는 위치에 있으니까.

"세상 참 좋아진 것 같더군요. 제가 교도소에서 썩고 있던 와중에도 참 여러모로 발전했어요."

"하하하……."

"그런데 어떻게 된 게 대가리에 똥만 찬 기자들은 하나도 안 바뀐 것 같습니다, 사장님."

오지도의 압력에 방도언은 침을 꿀꺽 삼켰다.

그도 바보는 아니다. 바보라면 언론사의 사장 자리에 앉을 수가 없다.

'새론, 이 미친놈들.'

물론 새론에 관련되어서 허위 사실을 유포하고 그들과 송정한의 사이를 찢으라고 지시한 건 자신이다. 그걸 위해 새론에 청계의 프레임을 뒤집어씌우려고 한 것도 사실이다.

하지만 설마 이 미친놈들이 진짜로 청계 출신을 데리고 올 줄은 몰랐다.

보통은 '절대 아니다.' 또는 '우리는 억울하다.'라는 식으로 이야기하면서 청계와 손절 하려고 하는 게 일반적이니까.

출판물에 의한 명예훼손으로 고소하는 것?

익히 예상한 일이다.

하지만 이미 검찰에서는 접수된 사건을 뭉개기로 이야기가 되어 있었기에 두려움은 없었다.

그저 저쪽에서 함정에 빠져서 허덕댈 거라 생각했다.

'그랬는데…….'

세상에 그 누가 새론이 자신들이 직접 무너트린 청계의 변호사들을 데리고 와서 진짜로 청계처럼 행동할 거라고 생각이나 했겠는가?

"청계라……. 좋은 울림입니다. 그리운 이름이죠."

눈을 지그시 감고 말하는 오지도.

"아직 그 유산은 남아 있지요. 애석하게도."

돌려 말하지만 내용은 뻔하다.

아직 너희 약점을 쥐고 있다. 깝치지 마라.

"저도 이렇게 복직하고 나니까 과거에 대한 그리움이 사무치네요."

복직. 말이 복직이지 스스로 지킬 힘을 다시 가지게 되었다는 소리다. 아니, 전보다 더 강한 힘을 가지게 되었다.

"방 사장님."

"왜…… 그러나?"

"저는 조용히 살고 싶습니다. 감옥 한번 갔다 와 보니까 말입니다, 시끄럽게 사는 게 영 싫더라고요."

"그, 그런가?"

방도언의 얼굴에서 땀이 뻘뻘 흘러내리기 시작했다.

추운 날씨임에도 불구하고 그 땀은 멈추지 않았다.

"새론이 망하면 제가 이 날씨에 또 바닥을 기어야 하는데, 솔직히 나이 먹고 그래 보니까 삭신이 쑤시더군요."

거기까지 말한 오지도는 한참 입을 다물었다.

그리고 그 침묵에 방도언이 질식할 것 같은 얼굴이 될 때쯤 조용히 말했다.

"대표님은 그런 고생을 하지 않으시기를 바랍니다."

더 이상 입 털면 모가지를 날려 버리겠다는 말.

그 말에 방도언은 손이 바들바들 떨렸다.

"이런, 이런, 제가 너무 오래 있었네요. 단순히 인사만 드리러 온 거였는데요."

오지도는 웃으면서 방도언에게 손을 내밀었다.

"제가 새론의 대외 협력 팀을 이끌게 되었습니다. 잘 부탁

드립니다."

그 말에 방도언은 고개를 끄덕거리는 것 말고는 할 수 있는 게 없었다.

그는 오지도가 나가자마자 밖에서 부하를 불러들였다.

"당장 가서 새론하고 송정한에 대해 불리한 기사들 싹 내려. 그리고 그런 기사 올라오는 거 다 커트해."

"네?"

"기사 다 내리라고!"

"하지만 사장님, 그러면 다른 분들이 불편해하실 겁니다."

부하의 말이 끝나는 순간 방도언의 두꺼운 손이 풀 파워로 날아갔다.

그의 손에 무방비하게 얼굴을 맞은 부하는 바닥을 나뒹굴었다.

"아가리 닥치고 내 말대로 해! 내가 언제 너한테 생각하래! 넌 내가 시키는 대로 하기만 하면 되는 거야!"

바닥을 뒹구는 부하에게 소리를 지르는 방도언. 그의 손은 가늘게 떨리고 있었다.

⚖

"지금 장난하는 것도 아니고 뭐 하자는 거야!"

오지도가 여기저기 들쑤시고 다니자 기사는 무서울 정도

로 빠르게 삭제되기 시작했다.

죄를 가진 자들은 그가 두려워 차마 기사를 놔둘 수가 없었다.

하지만 그렇다고 해서 언론사 입장에서 모든 문제가 사라지는 것은 아니었다.

그것은 다름 아닌 코리아 타임라인 때문이었다.

노형진이 세운 코리아 타임라인은 이슈성 기사들은 잘 올리지 않지만 탐사성 기사들을 잘 올린다.

특히나 기자나 다른 언론사를 건드려서는 안 된다는 불문율에 대해 '엿이나 처드셔'라는 자세를 유지하는 곳이 바로 코리아 타임라인이었다.

실제로 헛소리 찍찍 하던 기자들이 코리아 타임라인의 취재로 범죄가 드러나 감옥에 가기도 했다.

그랬기에 과거처럼 모든 언론사가 손잡고 비밀을 감추는 것은 아예 불가능한 일이 되어 버렸다.

그리고 코리아 타임라인은 이 기회를 틈타서 다른 기자들을 사정없이 물어뜯었다.

그들은 조작된 기사를 쓴 기자를 취재하고 기사가 내려간 원인을 캐기 시작했다.

당연히 인생 조지게 된 기자는 자신이 속한 언론사에 살려 달라고 빌었지만, 언제나처럼 언론사는 입을 꾸욱 다물었다.

결국 가짜 뉴스를 터트렸던 기자들은 막대한 손해배상 책임과 신상 공개에 휘말리면서 인생이 나락으로 떨어져 갔다.

당연히 이에 가장 분노한 사람은 이 상황을 주도한 사람, 민주수호당의 국회의원 한국도였다.

그는 송정한과 더불어서 다음 대선에서 가장 유력한 후보 중 한 명이었다.

두루두루 친하고 온건한 성향을 가진 그였기에 국회의원들이 좋아했다.

하지만 좋게 말해서 온건파인 거지, 그는 어떻게 해서든 기득권층의 권력은 유지해야 한다고 생각하는 사람이었다.

당연히 개혁을 통해 잘못된 걸 고쳐야 한다고 하는 송정한을 극도로 싫어했다.

송정한의 말대로라면 자신들 역시 권력을 내려놔야 한다는 건데, 그건 절대로 싫었으니까.

그래서 언론사들에 약간의 부탁을 했다.

선거철에 흔하게 이루어지는 일이었고, 그들 입장에서도 기회라고 생각한 언론사는 슬슬 떡밥을 뿌렸다.

그런데 그 떡밥이 모조리 사라진 것이다.

"이런 젠장. 이건 말이 다르잖아! 기사가 모조리 사라지면 어쩌자는 거야!"

원래 계획대로라면 기사를 기반으로 한국도가 만든 어용 사회단체가 송정한을 고발할 예정이었다. 그리고 검찰에서 수사를 시작할 계획이었다.

이것이 법이다

그런데 생각지도 못하게 기사가 싹 내려갔다.

기이할 만큼 한꺼번에 싹 다 내려갔으니 도리어 인터넷에서는 당연히 난리가 났다.

- 와, 새론 까는 글 한순간 사라진 거 보소.
- 언론사들 뭐 켕겼나?
- 그런 듯?
- 한국 언론이 그렇지 뭐.

아무리 소리 소문 없이 덮으려고 한다고 해도 지난 며칠간 한국의 언론 70% 이상이 새론과 송정한에 대한 의혹을 주제로 떠들어 댔으니 기사를 슬쩍 내린다고 해서 국민들이 모를 리가 없다.

당연히 국민들은 해당 내용이 사라진 것에 대해 의혹을 제기했지만, 각 언론사는 어떠한 말도 하지 않고 조용히 입을 다물고 있었다.

"도대체 언론사들에서는 뭐 하는 거야? 지금쯤 후속 보도를 뽑아내야 할 거 아냐!"

"그쪽에서는 아무 말 하지 않고 있습니다. 저희도 다그쳐 봤지만 더 이상 도움을 주기 힘들다는 말만 할 뿐입니다."

"한두 곳도 아니고 전부 다?"

한국도 의원 계파에 속하며 그의 충실한 심복인 권연암 의원은 눈을 찡그리며 말했다.

"우리가 아무리 위협해도 꼼짝도 안 합니다. 아무래도 그 일 때문인 것 같습니다."

"그 일?"

"새론에서 과거에 청계에서 일하던 변호사들을 다수 포섭했습니다. 특히 갈 곳 없는 고위 변호사 위주로 말입니다."

"그러면…….."

"아마도 청계에서 가지고 있던 다수의 비밀이 새론으로 넘어갔을 가능성이 아주 높습니다."

그 말에 한국도 의원의 얼굴이 딱딱하게 굳었다.

한때 대한민국을 지배했던 청계의 비밀. 그 당시 정치권에서는 어떻게 해서든 사건을 축소하기 위해 몸부림쳤고, 청계 출신의 변호사들도 뭔가 더 드러나면 점점 형량이 늘어날 게 뻔하기에 최대한 입을 다물고 있었다.

그런 만큼 그들이 가진 비밀이 얼마나 될지는 알 수가 없었다.

"그런데 그걸 새론에서 가지고 갔다고?"

"아마도…… 그렇게 생각됩니다."

"미친……! 청계를 무너트린 건 새론이잖아!"

"권력 앞에서 영원한 적은 없습니다."

"끄응…… 그렇지."

사실 한국도는 이미 자유신민당과 은밀하게 손잡은 상태

였다. 누가 권력을 잡든 이권과 개혁 사항은 과거로 되돌리자고 말이다.

자유신민당 입장에서는 잃어버린 권력을 되찾을 수 있는 기회였고, 한국도 입장에서는 송정한을 쳐 내고 자신이 대통령이 될 수 있는 기회였다.

자신도 자유신민당과 손잡은 마당에 송정한이 청계 출신을 받아들인 게 이상한 일은 아니다. 일단 청계 출신도 자기 죄에 대한 처벌은 다 받고 나온 거니까.

"그러면 그걸 엮어서 터트려야지! 애초에 목적은 청계와 새론을 엮어서 이미지를 망가트리는 거였잖나!"

"그 이야기도 해 봤습니다만, 그건 안 된답니다."

"어째서?"

"말하지 않았지만 예상은 갑니다."

"끄응."

죄가 없다면 모를까, 죄가 있을 테니까.

청계 출신을 받아들이는 건 이 상황에서 양날의 칼이었다. 그걸 엮어서 공격하기 시작하면 확실히 불리해질 것이다.

하지만 그 때문에 언론은 입을 다물어 버렸다.

"아무래도 청계와 엮는 건 힘들 것 같습니다. 우리가 아무리 떠들어도 언론에서 실어 주지 않을 가능성이 높습니다."

자기들이 죽을 게 뻔한데 기사를 써 줄 언론사는 없다.

결국 현재로서는 추가 기사는 힘들다는 의미였다.

"젠장, 송정한 그 녀석의 얼굴이 일그러지는 꼴을 보고 싶었는데."

한국도는 송정한이 싫었다. 언제나 당당하고 바른말만 하기 때문이다.

그도 바른말을 하는 게 싫은 건 아니다.

하지만 정치 역학이라는 게 마냥 바르기만 해서는 안 된다. 양보도 해야 하고, 나름 돈이 있어야 정치를 할 수 있다.

그런데 송정한은 그저 개혁을 통해 모든 걸 바꾸려고 하고 있었다. 그렇게 되면 권력이 모조리 날아간다.

대표적인 예가 바로 얼마 전 내놓은 '한 지역에서 3선 이상 출마 금지' 법안이었다.

정확하게는 한 도 내에서 3회 이상 출마 금지였다.

정치를 하지 말라는 게 아니다. 하지만 다선 의원들 대부분이 한 지역의 왕으로 군림하면서 그 지역의 세력을 기반으로 목숨 줄을 이어 가는 상황에서 송정한은 3선 이상 국회의원을 하려면 다른 지역, 가령 경기도에서 3회 이상 했다면 강원도에서 출마하자는 법안을 제출했다.

서울시 가 구역에서 3선 한 뒤에 바로 옆 나 구역에서 출마하면 결국 바뀌는 게 없다는 이유에서였다.

다행히도 해당 법안은 기존 국회의원들이 만장일치로 거부함으로써 통과가 되지 않았지만, 그만큼 송정한이 개혁 성향이라는 소문이 나 버렸다.

"청계라……. 이 미친놈들이 약점을 잡고 있으니 아무래도 언론을 이용하는 건 힘들겠네."

안 봐도 뻔하다.

지난 수십 년간 언론에서 더러운 짓을 한 게 어디 한두 개인가? 그런 놈들이니 청계에 약점을 잡혀 있다고 해도 이상할 건 없다.

"그나마 다행인 건 그래도 우리가 고발을 진행할 정도의 의혹은 이미 세상에 퍼져 있다는 겁니다. 고발하기 위해 뉴스를 캡처해 놨으니 그걸 지웠다고 해서 바뀌는 건 없을 거고요."

"고발 가능하겠어?"

한국도는 걱정스럽게 물었다.

그는 처음부터 정치인이었지만 권연암은 원래 검사였다. 그러니 법적인 지식은 권연암이 훨씬 많았다.

"가능합니다. 걱정하지 마십시오."

권연암은 씩 하고 웃으며 말했다.

"다음은 고발이지 싶네요."

같은 시각, 노형진은 새론에서 회의를 진행하고 있었다.

"언론이야 잠잠하겠지만 어차피 어용 단체를 통해 고발할 테니까요. 이제 와서 기사를 내렸다고 뭐가 바뀌지는 않을 겁니다. 아마 어용 단체를 통해 고발이 진행될 겁니다."

"가능할까요?"

무태식은 고개를 갸웃했다.

"아니, 고발이야 누구나 할 수 있으니까요."

"그 얘기를 하는 게 아닙니다. 청계 놈들이 하는 꼴을 보니까 분명 판검사 비밀도 쥐고 있을 것 같던데요?"

청계의 변호사들은 불편함을 이유로 아예 건물을 따로 얻어서 사무실을 꾸렸다. 그리고 이미 사건이 배당되고 있는 상황이다.

새론에서 변호사들이 탐탁잖게 생각하던 강력 사건의 가해자 쪽 사건들을 청계 변호사들이 싹 쓸어 가면서, 도리어 개인당 담당하는 사건의 수는 그들이 더 많아진 상황이었다.

"아, 물론 그렇지요. 하지만 그래도 언론사랑은 좀 다를 겁니다. 아마 검찰이나 판사에 대해서는 현재의 청계 출신의 힘으론 한계가 명확할 겁니다."

"어째서요?"

"기소 독점권이 있으니까요."

"아!"

검찰의 기소 독점권.

모든 죄는, 처벌하기 위해서는 검찰의 기소가 있어야 한다.

언론사야 문제가 터지면 검찰에서 언론을 길들이기 위해

서도 언론사주를 기소한다.

하지만 검찰에서 검사는 기소의 대상이 될 수 없다.

사기를 쳐도, 강간을 해도 검사는 기소되지 않는다.

왜냐? 기소를 해야 하는 게 검찰인데, 범인한테 스스로를 처벌하라고 하는 꼴이니까.

실제로 대한민국 검사의 범죄 기소율은 0%대다.

"도리어 검사를 고발하면 거의 100% 확률로 기소되죠."

피해자라는 항변? 소용없다.

검사한테 고소장을 넣는 순간 고발자는 검찰에서 나서서 어떻게 해서든 말려 죽이려고 한다.

실제로 그 때문에 가해자인 검사는 떵떵거리면서 사는 반면에 피해자는 자살하는 경우가 제법 많다.

"그걸 청계 놈들이 모르겠습니까?"

"하긴, 그건 그러네요."

청계 출신들이 어떤 증거를 제시해도 검찰에서 기소하지 않는다고 하면 그걸로 끝이다.

"하긴, 그것도 그렇지. 거기다가 검사는 선출직도 아니고."

검사는 선출직이 아니다. 국회의원이야 선출직이니까 국민들의 눈치라도 봐야 하지만 검사는 그럴 일이 없다.

"하긴, 그것도 그러네요. 국민들이 뭐라고 하든 조까를 시전하면 답 없네."

무태식도 상황을 아는지 헛웃음을 지으며 말했다.

실제로 검사의 범죄가 드러난 적이 한두 번이 아니다.

하지만 검찰에서는 기소 독점권을 이용해서 기소를 거부했고, 범죄자인 검사는 영전에 영전을 거듭해서 위로 올라가 자신을 고발했던 사람들에게 보복했다.

"사실 청계의 합법적인 버전이 검찰 아닙니까?"

노형진의 말에 무태식과 김성식은 쓰게 웃었다. 틀린 말은 아니니까.

청계는 범죄 설계라는 범죄를 통해 대한민국을 뒤에서 조용히 지배하려고 했었다. 하지만 검찰은 수사라는 합법적인 권력을 통해 대한민국을 지배하고 있다.

그들의 권력은 어떤 면에서는 국회의원 그 이상이다. 사람을 죽여도 처벌받지 않으니까.

"그러면 확실히 어용 단체를 통해 고소하리라고 봐야겠군."

"그럴 겁니다. 이번 일은, 어디서 고발을 하는지 성향이 중요합니다."

"어째서 말입니까?"

무태식은 고개를 갸웃했다.

어용 단체라고 해서 권력이 있는 단체는 아닐 것이다.

아마도 이름만 있는, 지원금이나 받아 처먹으려고 만든 단체일 가능성이 아주 높다.

아니면 지원금마저도 못 받는 가짜 단체이든가.

"외부에서 고발할 거라는 거야 알겠지만 그 성향이 왜 중요한가요?"

무태식의 질문에 노형진은 담담하게 말했다.

"중요합니다. 그에 따라 내전이냐 아니면 외부와의 전쟁이냐가 달라질 테니까요."

"네?"

노형진의 말에 무태식이 이해가 안 되는 듯 되물었다.

"전쟁의 성향이 달라진다고요?"

"네. 이 사건을 저지른 놈들이 누군지, 우리는 모릅니다. 언론에서도 그건 말해 주지 않았으니까요."

기사를 내리는 거야 언론의 권한이지만 이 짓거리를 시킨 사람을 공개하는 건 또 다른 문제다.

언론은 이쪽의 공격도 두렵겠지만 저쪽의 공격도 두려울 거다. 그래서 이 일을 시킨 자들에 대해 당연히 아무런 말도 하지 않았다.

"청계 출신들도 그건 물어보지 않았고요."

건드려 봐야 좋을 일이 없다는 걸 아니까.

물론 노형진이 윽박지르면 알아 오기야 하겠지만 그럴 필요는 없다.

"어차피 고발이 진행되면 자연히 누군지 알게 될 겁니다."

"어째서 말인가?"

"자유신민당이라면 보수 단체일 테고 민주수호당이라면

진보 단체일 테니까요."

"아! 그래서 외부와의 전쟁 아니면 내전이라는 거군!"

김성식은 탄성을 내질렀다.

"그리고 그 둘의 차이에 따라 이쪽의 대응책도 달라져야
합니다."

"어느 쪽일까요?"

"글쎄요."

노형진은 어깨를 으쓱하며 말했다.

"겪어 보면 알겠지요?"

얼마 후 예상대로 검찰에 고발장이 접수되었다.

언론에서는 해당 사건에 대해 이야기하지 않았지만 그래
도 사건이 접수되었다는 것쯤은 알 수 있었다.

노형진은 그 정보를 받고는 혀를 끌끌 찼다.

"내전이네요."

"끄응, 한국도군. 이 개 같은 놈."

고발한 단체는 어버이민주동맹이라는 곳이었다.

당연히 제대로 된 단체도 아니었고, 주소지를 확인해 보니
뜬금없이 원룸 건물이 나타났다.

"전형적인 어용 단체네요."

"그래, 나도 들어 본 적은 없으니 뻔하지."

민주라는 단어 자체를 보수 세력에서 사용하지 말라는 법은 없다. 하지만 일반적으로 진보 단체에서 많이 사용하는 단어이긴 하다.

베스트 세상 같은 곳에서는 반대를 의미하는 용어로 사용할 정도로 보수 세력에게는 안 좋은 의미다.

좀 독하게 말하면 보수 세력은 민주라는 단어를 거의 빨갱이와 동급으로 취급하는 성향이 강하다.

"그런데 굳이 단체 이름에 민주라는 단어를 쓸 리가 없죠."

"그래."

"더군다나 이리저리 찾아보니까 보통 이쪽 뉴스에서 많이 보이네요."

어용 단체가 고소와 고발에만 쓰이는 건 아니다. 자신들의 세를 확보할 때 이름을 쫙 늘려서 그럴듯하게 세력이 많아 보이는 것으로 꾸밀 때도 사용된다.

가령 시위를 할 때 경찰이 추산한 바로는 3천 명인데 시위대에서 추산 3만 명이라고 박박 우기는 것도, 시위대가 눈깔이 삐거나 숫자를 셀 줄 몰라서가 아니라 시위하는 입장에서 어떻게 해서든 세력을 커 보이게 하기 위해서다.

실제로 아무리 봐도 2천 명이 안 되는 시위가 시위대 추산 20만 명으로 보도될 정도로, 세력 늘리기는 흔하게 벌어지는 일이다.

"그런데 한국도 의원인 건 확신하십니까? 다른 사람일 수도 있지 않습니까?"

"한국도야. 다른 의원들은 이 정도 일을 꾸미기에는 파워가 약해."

"한국도 의원은 파워가 강한가요?"

"좋게 말하면 탕평책을 잘 쓰는 인사지만 나쁘게 말하면 권력만 유지할 수 있다면 누구와도 손잡을 수 있는 인사지. 실제로 다음 대선에서 나와 더불어 가장 유력한 대선 후보로 뽑히고 있고."

"흠."

노형진은 그 말에 턱을 문지르면서 잠깐 생각에 빠졌다.

물론 그 정도 예상하지 못한 건 아니다.

사실 외부의 세력과 싸우기에는 아직 시기가 이르기는 하다. 내부 정리가 안 되어서 상대방 유력 대선 후보가 특정되지도 않았으니까.

보통 다른 당과의 싸움은 대선 후보가 결정되고 나서부터 시작된다.

"한국도라……. 그 한국도라는 사람, 어떤 사람입니까?"

"설마 아무리 정치에 관심이 없기로서니 한국도 의원을 모르나? 그리고 지금은 정치에 관심이 없는 것도 아니지 않나?"

어이가 없다는 듯한 송정한의 말에 노형진은 고개를 흔들었다.

"아, 한국도라는 국회의원은 압니다. 저는 한국도라는 사람에 대해서 여쭙는 겁니다."

한국도.

대립하는 자유신민당과 민주수호당 사이에서 다리 역할을 한다고 알려져 있는 중립파 4선 국회의원.

그런 중립적인 이미지가 국민들에게는 호감으로 다가왔다.

"한국도라는 사람에 대해서라……."

송정한은 한참을 고민하다가 쓰게 웃으며 말했다.

"네거티브의 천재라고 해야 하나."

"네거티브의 천재요? 그 사람은 네거티브를 잘 쓰지 않는 걸로 알고 있는데요."

노형진은 송정한의 말에 고개를 갸웃했다.

네거티브란 선거에서 일단 터트려 보고 이게 사실이면 좋고 아니면 말고 식으로 떠드는 걸 말한다.

대표적인 예가 바로 빨갱이다.

선거철만 되면 자유신민당은 민주수호당 인사들을 빨갱이라고 매도했다.

당연히 말도 안 되는 소리지만, 자유신민당은 사람들이 빨갱이라고 인식하면 좋고 그게 아니어도 어쩔 수 없다는 식으로 행동했다.

하도 그러다 보니 유권자들 입장에서는 '저 새끼들 또 저러네.' 하고 말기 때문이다.

그렇다고 이걸로 소송하자니, 판사들이 거의 당선 무효형을 내리지 않아 이길 수가 없었다.

그래서 선거철마다 '빨갱이를 몰아내자.'는 자유신민당의 고정적인 네거티브 전략 중 하나가 되었다.

"그래서 무서운 거야."

"네?"

"자기 입이나 최측근의 입으로는 상대방에 대한 네거티브를 절대로 하지 않는다네."

하지만 다른 방식으로 교묘하게 소문을 퍼트리고 지지 세력을 통해 네거티브를 한다.

네거티브는 선거에서 위험한 전략이다. 까딱 잘못해서 허위 사실 유포가 인정되는 경우에는 당선 무효가 결정될 수도 있기 때문이다.

실제로 너무 심한 네거티브로 인해 당선 무효형을 받은 사람들도 아예 없진 않다.

"다른 사람들은 확실히 떠들던데요?"

"그래, 그런 사람들은 하수라네. 애초에 그런 놈들은 지명도가 없으니까 어떻게 해서든 이름 좀 알려 보려고 발악하는 것에 가깝고."

"하긴, 그러네요."

"하지만 한국도는 달라."

그는 교묘하게 상대방에 대한 소문을 퍼트리고 비난을 듣게 만든다.

선거에서 네거티브를 하지 않기 때문에 일반인들의 눈에는 네거티브 바닥인 이곳에서 참으로 깨끗한 정치인으로 보이지만, 실상은 누구보다 빠르게 그리고 효율적으로·네거티브를 퍼트린다.

"네거티브의 천재라……."

노형진은 그 말에 살짝 생각에 빠졌다. 그리고 한참 있다가 물었다.

"처음에 이상한 소문이 돌았다고 했죠?"

"그래, 그랬지. 생각해 보니 그게 한국도가 잘 쓰는 방법이기는 하군."

자기는 슬쩍 빠지고, 소문을 통해 언론이나 기자가 물게 한 뒤 자연스럽게 고발을 통해 일을 키운다.

"뭐, 그것도 정치적 능력이라면 능력인데."

송정한은 안타깝다는 듯 혀를 끌끌 찼다.

"뭐, 자기 정치 능력이라면 탓할 수는 없겠지만 그래도 마음에 들지 않는 놈인 건 사실이야."

"어째서요?"

"아까도 말했듯, 좋게 말하면 탕평책을 쓰는 사람이지만 대놓고 말하면 권력욕의 화신이니까. 권력을 유지할 수만 있다면 어떤 일도 신경 쓰지 않는 사람이지."

"흠……."

"자유신민당과 민주수호당을 이어 주는 다리? 그건 정치 판을 모르는 사람이 봤을 때의 이야기일 뿐이야."

진짜 사람이 좋아서 양측 사이를 중재해 주며 서로서로 친하게 지내자고 한다?

친구끼리도 그게 쉽지 않다. 서로 상극인 사람이 있는데 그 둘을 중재해 주면서 서로 친하게 지내도록 한다?

과연 주변에 그런 사람이 있는가 생각해 보면 답이 나온다.

없다.

애초에 그 짓거리를 하려고 하면 그 가운데에 있는 당사자가 피가 마르고 피곤해진다.

"하긴, 그러네요. 하지만 반대는 가능하기는 하죠."

중간에서 그 둘을 중재해 주면서 친하게 지내라고 설득하는 게 아니라, 중간에 있는 놈이 두둑한 이권을 쥐고 있으면 상극인 놈들이 그 이권 때문에 그놈과 친하게 지내려고 한다.

외부에서 봤을 때는 비슷하지만 내부적으로 보면 완전히 다른 문제다.

"이제 알겠나?"

"기득권을 유지하자는 쪽이겠군요."

"그래. 그래서 나와는 안 맞아."

송정한은 고개를 절레절레 흔들며 말했다.

"어차피 당에서도 사실 나보다는 그놈을 밀어주고 있기도 하고."

"기득권층이니까요."

기득권을 유지하자.

그건 당과 상관없는, 대부분의 정치인의 의견이다. 그러니 그런 의견을 가진 의원을 밀어주는 건 당연한 일.

"그러면 이번 사건에 관련해서 민주수호당의 지원을 받는 건 불가능하겠군요."

"불가능할 거야, 확실하게."

"어쩐지 조용하다 했습니다."

이런 일이 터지면 민주수호당도 반격에 나서야 한다. 그런데 민주수호당은 조용하기만 했다.

즉, 민주수호당에서는 이번 기회에 송정한이 밀려나기를 바라는 거다.

"후보 선출이 시작되면 어찌 될지 모르니까."

"하긴, 그렇죠. 요즘은 과거처럼 밀실에서 자기들끼리 으쌰으쌰 해서 대통령 후보를 뽑는 시절이 아니니까."

과거에는 대통령 선거가 다가오면 국회의원들이 자기들 계파끼리 싸우면서 후보를 세우려고 했다. 그리고 그 과정에서, 밀실에서 서로에게 이권을 약속하면서 자리를 받아 내려고 했다.

하지만 지금은 당원 투표로 후보를 뽑는다.

물론 100% 반영까지는 아니지만 무려 70%나 반영되다 보니, 과거처럼 이권을 보장하는 형식으로 표를 받는 구조의 한계가 명확해졌다.

"한국도가 인기가 없나 보죠?"

"음…… 없는 건 아닌데 좀 다르지. 정치적으로 보면 말이야, 뭐랄까, 대선에서는 유리할 수도 있지만 그 전의 당원 투표에서는 불리할 거야."

한국도는 외부적으로는 탕평책으로 서로 두루두루 좋게 지내는 방향으로 어필하고 있는데, 의외로 당 내부의 당원들은 그걸 싫어한다.

쿠데타로 나라가 한번 뒤집어진 지 몇 년 지나지도 않았는데 뭘 사이좋게 지내자는 거냐면서 언성을 높이기도 했단다.

"그러니까 당원 투표에서는 대표님이 유리하다?"

"살짝 유리하다네."

'그래서 이렇게 무리한 방법을 쓴 모양이네.'

노형진은 머리를 긁적거렸다.

당원 투표도 못 이기면 대선은 꿈도 못 꾸니까.

물론 무소속으로 출마할 수도 있겠지만, 대선에서 무소속으로 출마하는 건 그냥 돈 날리는 짓이다.

"끄응, 이거 참 곤란하군. 이 문제는 확실하게 정리하고 넘어가야 하는데."

송정한은 걱정스럽게 말했다.

이제 그도 나름 경력 있는 국회의원이기에 정치판에 대해 잘 알고 있다.

"내가 이권을 주지 않겠다고 하면 민주수호당에서는 날 밀어주지 않을 거야."

"이권을 보장해 달라 이거군요."

"그래. 문제는, 그게 내 뜻과 정면으로 충돌한다는 거지."

송정한은 스스로 개혁하겠다고 나선 사람이다.

그는 청소를 하려면 몸에 똥이 묻는 건 어쩔 수 없다는 노형진의 말에 공감하는 사람이었기에 새론을 그만두고 국회로 들어간 거다.

"사실 자네도 알다시피 대선에 나간다고 해도 다 내 편인 것은 아니라네."

"압니다. 이권이 부딪치면 뒤통수에 칼을 꽂는 경우야 흔하죠."

실제로 전임 대통령 중 한 명은 자기들의 말을 듣지 않는다는 이유로 그를 대통령으로 만들었던 당에서 탄핵안을 제출했다.

그가 뭔가 잘못했거나 쿠데타를 모의한 것도 아니었다.

국회의원들이 이권을 원한 것과 달리 그는 개혁을 원했을 뿐이다.

그래서 국회의원들은 자기 이권을 건드린 자기 당 출신 대통령을 날려 버리기를 원했다. 그게 설사 정권을 잃어버리는 결과를 낳는다 해도 말이다.

그들에게는 권력보다 이권이 우선이었던 것이다.

오랜 격언이 있지 않은가, 모든 독재자들의 꿈은 재벌이라는.

다행히 대법원에서 조까를 시전해서 **탄핵**은 불발되었지만 말이다.

"참 웃긴다니까요."

뇌물을 받아 처먹고 온갖 범죄를 저지르는 검사 하나 탄핵시킬 때는 벌벌 기면서 한 나라의 대통령은 이권을 안 준다는 이유로 탄핵시키는 게 노형진으로서는 이해가 가지 않았다.

"어찌 되었건 그게 현실이란 말이지. 당에서는 은근히 한국도를 밀어주고 있어."

그 말에 노형진은 머리를 긁적거렸다.

확실히 최근 정치계의 트렌드라고 해야 할까? 그런 게 국민들과 다르다.

정치계에서 큰 정치인이라고 밀어주는 사람들은 대부분 국민들이 생각하는 정치인과 너무도 달랐다.

"그러고 보니 총리도 은근슬쩍 출마하고 싶어 한다죠?"

"그래. 문제는 그놈이 그놈이라는 거지. 솔직히 그놈은…… 후우. 박기훈이 멍청한 짓을 했어."

"박기훈 입장에서는 자신을 방해하지 않을 사람부터 뽑은 거니까요."

현 총리는 정치적 능력이 하나도 없다. 도리어 엄밀하게 말하면 무능한 쪽에 가깝다.

그럼에도 불구하고 왜 총리가 된 거냐?

박기훈이 자신의 개혁을 방해하지 않을 만한 무능한 사람을 고른 거다. 정치인들의 이권 문제를 박기훈이 모르는 바가 아니니까.

하지만 그래도 한 나라의 총리라는 타이틀을 가지고, 현 총리는 다음 대선을 꿈꾸고 있다.

'회귀 전에도 그랬네.'

정치인들은 회귀 전에도 총리 출신을 뽑아 주려고 했었다. 하지만 국민들의 선택이 달랐을 뿐이다.

"아무래도 당이랑 협상을 좀 해 보셔야겠네요."

"협상? 그게 될 리가 있나? 저쪽이 요구하는 건 뻔한데."

더 많은 이권. 더 많은 권력.

그걸 주기 싫어서 발악하는 건데, 송정한은 그걸 빼앗기 위해 노력한다.

평행 정도가 아니라 정반대 노선을 타고 있는데 협상이 될 리가 없다.

"하하하, 협상이 그런 것만 있는 건 아니죠."

"뭐?"

그 말에 노형진은 씩 웃었다.

"송 의원님, 저한테 의뢰하시죠."

"의뢰?"

"네. 이런 협상도 결국 변호사의 영역 아닙니까?"

노형진은 자신 있게 말했다.

"확실하게 당의 지원을 받아 내도록 하겠습니다."

협상의 법칙

　송정한은 노형진의 말대로 일단 협상을 해 보기로 했다. 어찌 되었건 그도 민주수호당 소속의 국회의원이니까.

　"이번 사태에 대해 당에서 한번 나서 줘야 할 것 같습니다."

　그렇다고 딱히 거창한 걸 요구하는 건 아니었다. 최소한 공정하게 이야기하기를 원했다.

　"이번 문제라니? 뭘 말인가? 난 모르겠군."

　하지만 민주수호당의 당 대표인 곽차수는 능청스럽게 말했다.

　"이번 고발 건 말입니다. 저한테 허위 사실을 뒤집어씌우려고 하지 않습니까? 제가 국가 전복 세력이라지 않습니까?"

　"검찰에서 조사하면 나올 걸세. 뭘 그리 걱정하나?"

"검찰을 믿을 수 없다는 것쯤은 알고 있지 않습니까?"

"어허, 국회의원이 한국의 사법 시스템에 그렇게 말을 험하게 하면 어쩌나?"

"곽차수 의원님, 저는 판사 출신입니다. 변호사 생활도 오래 했고요. 그리고 매년 검찰에서는 우리 민주수호당 의원들을 표적 수사합니다. 수십 년을 당했으니 모르시지는 않을 텐데요? 검찰은 기본적으로 자유신민당의 세력입니다."

"그래서?"

"그곳에 공정한 싸움을 기대하는 건 불가능합니다."

공정은커녕, 진짜 동일한 수사만 해도 다행이다.

지금 새론에서 출판물에 의한 명예훼손으로 고소를 넣은 게 언제인데 아직도 그건 소환 조사는커녕 전화 한번 안 했으면서, 어버이민주동맹인지 뭔지에서 넣은 고소장에 대해서는 벌써부터 사방으로 소환장이 날아다니고 있다.

이미 검찰은 송정한을 말려 죽이려고 작정한 것이다.

"그러니까 당 차원에서의 대응이 필요합니다."

"그럴 수 없네."

"네?"

"자네는 공정을 말하면서 우리한테 불공정한 짓을 하라고 하면 안 되지."

"상황 자체가 공정하지 않습니다만?"

"그러면 우리가 검찰에 압력을 행사하는 건 공정한가? 자네도 알겠지만 말이야, 대한민국은 삼권분립 국가야. 우리가 검찰에 압력을 행사할 수는 없네."

"압력을 행사해 달라는 게 아닙니다, 부당한 수사를 막아 달라는 거지. 하다못해 항의라도 해 주십시오."

"아니, 그 자체가 공정을 해치는 행위라고 하지 않나?"

송정한의 옆에서 그 말을 듣고 있던 노형진은 눈을 찌푸렸다.

'삼권분립 같은 소리 하고 자빠졌네.'

대한민국에 삼권분립은 없다. 애초에 법적으로 보장된 삼권분립이 제대로 작동한 적은 단 한 번도 없다.

그나마 최근에는 일부 판검사에 대한 탄핵이 이루어지기도 했지만, 그마저도 슬슬 변질되려는 징후를 보이고 있었다.

처음에는 범죄자 출신 판검사에 대한 탄핵이 이루어졌다. 하지만 어느 순간부터, 자기 파벌이 아닌 판검사에 대한 탄핵안만 올라오면서 개싸움이 된 지 오래.

일부 소신파가 부당한 수사를 한 범죄자 판검사들에 대한 탄핵안을 발의해도 대부분의 국회의원들이 반대하고 나섰다.

"탄핵 건도 있지 않습니까?"

"미안하지만 그건 명백한 범죄자들이지 않나? 이건 수사 영역이야."

천연덕스럽게 말하는 곽차수를 보면서 노형진은 가만히 고개를 끄덕거렸다.

'역시 예상에서 빗나가는 법이 없네.'

아마도 검찰에서는 민주수호당에 송정한의 퇴출을 요구했을 가능성이 크다.

그도 그럴 게, 판검사의 퇴출을 가장 가열하게 요구한 게 송정한이니까.

판검사 탄핵안의 60%는 송정한이 발의한 거다.

그런 송정한이 대통령이 되면 검찰과 판사 입장에서는 지옥이나 마찬가지일 테니 아마 온갖 협박을 통해 민주수호당을 압박하고 있을 텐데, 민주수호당 입장에서는 자기들의 이권을 빼앗으려고 하는 송정한이 마음에 들지 않으니 옳거니 하고 그 협상안을 받아들였을 거다.

'그래. 그쪽도 협상했는데 우리라고 하지 말라는 법 있어?'

마음을 정한 노형진은 앞으로 나섰다.

"그러면 당 차원에서 송정한 의원에 대한 보호는 하지 않을 생각이신 건가요?"

노형진이 두 사람에 사이에 끼어들자 곽차수는 눈을 찡그렸지만 그래도 일단 대꾸는 했다.

"보호라니. 그런 소리 하지 말게. 우리는 공정하게 대할 뿐이야."

"아니, 그러니까 결과적으로 말하죠. 보호를 포기한 것 맞으시죠?"

"어허, 보호를 포기한 게 아니라 법과 원칙에 따라 행동해야 한다 이거야."

"이 행위 뒤에 한국도 의원이 있는 것도 아실 것 같은데?"

"무슨 소리인가? 한국도 국회의원이 같은 국회의원인 송 의원한테 그런 짓을 할 리가 없지 않나?"

확실히 송정한에 대한 보호는 하지 않는다면서 한국도 의원은 보호하려고 한다. 그 말을 들은 송정한의 얼굴이 굳어져 갔다.

예상은 했지만 그 말을 두 귀로 똑똑히 들으니 속이 쓰릴 수밖에 없었다.

"뭐, 그렇다면."

노형진은 고개를 끄덕거렸다.

"협상은 결렬이네요."

그리고 단호하게 자리에서 일어났다. 이어 송정한도 자리에서 일어났다.

"협상 결렬이라? 여기가 무슨 협상 자리였나?"

사람 좋은 얼굴로 허허허 웃는 곽차수.

아마도 그는 송정한이 다급하니까 도움을 요청하는 그런 자리쯤으로 생각한 모양이다.

"네, 여기는 협상 자리였습니다."

"그래? 무슨 협상?"

웃으면서 질문하던 곽차수는 다음 말에 그대로 굳을 수밖에 없었다.

"분당할 겁니다."

"뭐? 분당에 간다고?"

"아뇨. 분당할 거라고요."

"다음 총선은 분당에서 출마하겠다는 건가?"

현실을 부정하고 싶은 걸까? 계속 헛소리를 하는 곽차수에게 노형진은 아주 쉽게 설명해 줬다.

"신당을 창당해서 따로 나가겠습니다."

그 말에 곽차수는 입을 쩍 벌렸다.

⚖

신당 창당. 그건 종종 있는 일이다.

국회의원들끼리 의견이 모두 같을 수는 없다. 그래서 새로운 당이 생기고 사라지기를 반복한다.

하지만 대한민국은 양당제 국가나 마찬가지다. 다른 당이 생겨도 힘이 없거나 해서 금방 사라지니까.

이 분당은 일종의 정치적 협상의 수단이기도 하다.

"'우리가 너희들 표를 깎아먹을 거야.'라는 일종의 협박이죠."

노형진은 굳은 얼굴을 한 송정한에게 말했다.

곽차수는 다급하게 송정한을 붙잡고 이야기하려고 했지만, 노형진과 송정한은 단호하게 끊고 나왔다.

이것이 법이다

당연히 전화통에 불이 났지만 송정한은 전화기를 꺼 버렸다.

"하긴, 그건 그래. 분당한 당은 대부분 선거 전에 기존 당에 흡수되지."

"네. 그게 대한민국이 사실상 양당제로 운영되는 가장 큰 이유고요."

분당한 후 기존의 표를 깎아먹으면? 당연히 그들은 폭망하게 된다.

"결국 분당이라는 것은 제 살 깎아먹기 전략이거든요."

선거란 기본적으로 승자 독식 시스템이다.

가령 어떤 지역이 50 : 50의 절묘한 비중을 가지고 있다고 치자. 그 상황에서는 누가 이길지 아무도 모른다.

진짜 영화처럼 단 한 표로 승패가 바뀔 수도 있다.

실제로 선거를 보면 단 한 표 인해 승패가 바뀐 경우가 제법 많다.

"그 상황에서 한 명이 새로운 당을 창당해서 기존 표를 빼앗아 가면 기존 세력은 망하는 거죠."

단 1%만 가지고 간다고 해도 50 : 50이 아니라 50 : 49 : 1이라는 비중이 된다.

그리고 그 비중이 유지되는 동안에는 50의 비중을 가진 쪽이 지역을 싹쓸이해 자기네 영역에 흡수하려 하기에, 장기적으로 그 지역은 사실상 그 당의 소위 표밭이 되어 버린다.

"그래서 분당, 아니 신당 창당이 오래가지 않는 것도 있지."

"더군다나 신당을 창당해도 그 당은 사실 현 시스템하에서는 오래가지 못하죠. 한국의 시스템은 다른 당의 존재를 인정하지 않으니까요."

새로운 당이 생겼다고 치자.

당연히 그 당은 세력도 약하고 돈도 없다.

결국 선거에서 상당히 불리한 포지션이 된다.

"국회의원이 없는 당이 무슨 의미가 있습니까?"

사실 대한민국에 정당은 많다. 정당을 만드는 게 어렵지 않기 때문이다.

하지만 제대로 된 당으로 인정받기는 힘들다.

왜냐, 소속 국회의원이 없으니까.

"어차피 창당이야 기존 국회의원이 하는 거지만요."

그러니까 그 사람이 국회의원으로서 권력을 가지는 동안에는 존재감이 그나마 있다. 하지만 그다음 선거에서 그가 떨어지면 개털 되는 거다.

그렇다면 다른 국회의원의 선출? 당연히 그것도 쉽지 않다.

새로 만들어진 당은 돈이 없다. 사실상 국회의원이 자비를 내서 운영해야 한다.

당연히 그런 당에서는 다수의 지역에 후보를 낼 수도 없고, 양당 체제의 국가나 마찬가지인 한국에서 후보를 내도 선거를 치러서 이기기는 힘들다.

더군다나 이런 작은 당은 때때로 주인과 부하가 바뀌는 경우가 종종 있다.

이게 무슨 소리냐면 당을 세운 국회의원이 선거에서 탈락하고 다른 국회의원이 당선된 경우, 정작 돈을 들여서 그 당을 세운 국회의원은 쫓겨나고 새로 국회의원이 된 사람이 주인이 되는 거다.

실제로 정치하다 보면 인기를 위해 끌어들인 사람에게 당을 통째로 빼앗긴 역사가 제법 있었다.

"그래서 보통은 분당이나 창당은 아무래도 최악의 수단으로 쓰는 경우가 많죠."

그리고 신당 창당 이야기가 나오면 저쪽은 아무래도 움직임에 제한이 걸리게 된다.

"하지만 내가 신당을 창당한다고 해도 말이야, 그걸 유지할 힘이 없는데?"

뒤에서 뇌물 두둑하게 받아 챙긴 부패한 국회의원들이야 돈 걱정 없이 유지하는 게 가능하겠지만 송정한은 그런 사람이 아니다.

뇌물도 받은 적이 없고, 월급을 제외한 품위 유지비 등 지원비는 쓰다가 남으면 반납해 왔다.

물론 새론을 통해 투자한 돈에 대한 배당금이 있어서 생활이 넉넉하긴 하지만 수십, 수백억씩 뒷주머니로 챙긴 정치인들과 비교할 바는 아니다.

"돈이야 뭐 걱정 없지 않습니까? 새론이 있는데."

"하지만 새론과 결탁했다고 지금 검찰에서 수사한다고 하지 않나?"

그 말에 노형진은 비웃음을 가득 담아 물었다.

"그래서요? 그게 불법인가요?"

"응?"

"새론에서 불법적으로 돈을 받으신 적 있나요? 아니면 새론을 위해 불법적인 행동을 하신 적은?"

"없지."

없다. 물론 새론을 통해 투자한 돈은 있지만, 투자는 불법이 아니다.

"뭐, 이런 경우 대부분 전략은 뻔하죠."

죄가 안 된다.

하지만 죄가 의심된다고 언론에서 신나게 떠드는 거다.

그리고 그렇게 떠들다가 억지로 죄를 끼워 맞춰 버린다.

문제는, 현재 언론에서는 그걸 터트려 줄 생각이 없다는 거다. 자기들도 살아야 하니까.

"그래도 돈이 문제가 아닌가? 나 혼자 돈을 내는 건 불가능한데."

"다른 국회의원들을 데리고 오면 되죠."

"오겠나?"

송정한은 쓰게 웃었다. 올 리가 없다.

"이권을 주면 됩니다."

"아니, 그게 싫어서 우리가 이러는 거 아닌가?"

"불법적인 이권이 문제인 거지 정당한 이권은 문제가 안 됩니다."

"당을 옮길 정도의 이권을 어디서 가지고 온단 말인가? 아무리 마이스터라고 해도 그건 힘들 것 같은데."

"제가 아무 생각 없이 이런 계획을 준비한 게 아닙니다. 그렇잖아도 말씀드리려고 했습니다만, 이번 기회가 좋을 것 같군요."

"뭔데?"

"보시죠."

노형진은 가방에서 뭔가를 꺼내 송정한에게 건넸다.

그걸 받아 든 송정한의 눈동자가 격하게 흔들리기 시작했다.

"이…… 이게 사실인가?"

"네. 현재 미국에서 1차 동물실험이 끝났습니다. 2차 인체실험 중입니다. 아마 조만간 끝날 거고, 3상실험이 바로 시작될 겁니다."

"코델09바이러스 백신이라고?"

"네."

"미친."

코델09바이러스는 전 세계에서 수많은 사람들을 죽이고

있다. 이미 2차대전의 사망자 이상이 죽어 나갔지만 기세는 줄어들지 않았다.

당연히 각 회사들은 어떻게 해서든 백신이나 치료약을 만들기 위해 노력하는 중이지만 그게 그렇게 갑자기 튀어나오지는 않는다.

'하지만 나는 다르지.'

코델09바이러스를 알고 있었고 그와 관련된 연구를 상당 기간 해 왔다. 그래서 다른 기업에 비해 상당히 빠르게 진행되었다.

실제로 원래 역사에서 백신은 2020년 하반기에 나온다. 그마저도 임상이 끝난 게 아니라 2차가 끝난 상황에서 일단 긴급 사용 승인이 난 거다.

그렇게 원래는 1년 가까이 더 있어야 나오지만, 노형진이 막대한 돈을 들이부은 덕분에 코델09바이러스 백신은 원래보다 훨씬 빨리 나오는 데 성공했다.

정부 입장에서는 코델09바이러스로 죽는 것보다는 일부가 부작용으로 죽는 걸 용인해야 할 정도로 사망자가 어마어마했기 때문이다.

"아마 현 상황에서는 긴급 사용 승인이 날 가능성이 높습니다. 사실 3상은 보통 4~5년 걸리지만 그 기간 동안 코델09바이러스가 퍼지도록 놔둔다면 인류의 10분의 1은 죽을 겁니다."

코델09바이러스는 지독한 놈이다. 빠르게 변이하고, 심지어 기존의 상식에 따라 한 번 치료되면 걸리지 않는다는 면역 시스템조차도 통하지 않아 치료된 사람도 돌파 감염된다.

실제로 공식적으로 세 번이나 돌파 감염당한 사람이 있는 이상 자신의 면역력만 믿을 수는 없는 노릇이다.

"그리고 이걸 개발한 회사는 다름 아닌 미다스의 회사죠."

"으음……"

새론을 통해 투자 중인 사람들은 엄청나게 많다.

변호사들이 입사할 때 미다스의 투자 위탁 계약을 통해 이권을 보장했으니까.

당연히 이걸 보는 순간 그들은 눈이 돌아갈 거다. 투자 위탁 계약을 한 국회의원이 한두 명이 아니니까.

당연히 그중 상당 부분이 해당 업체에 투자금으로 들어가 있다.

금액도 절대 적지 않다.

시작은 작았겠지만 가상 화폐 이후에 늘어난 투자금을 재투자하는 식으로 늘려 왔기 때문이다.

"그런데 이 정보가 나온 상황에서 투자를 늘리는 건 불법 아닌가?"

투자는 불법이 아니다. 하지만 내부 정보를 이용해서 투자하는 건 명백하게 불법이다.

이 정보를 흘리고 추가 투자를 하라고 해서 이권을 챙겨 주는 건 명백하게 불법의 영역이다.

"맞습니다. 지금 와서 더 투자하면 불법이기는 하죠."

노형진은 고개를 끄덕거렸다.

"하지만 투자를 종료하는 건 불법이 아닙니다."

"뭐?"

"계약서에 따르면 이 투자 건은 어느 일방의 요구에 따라 즉시 종료되도록 되어 있습니다."

합의고 뭐고 그런 거 없다. 그냥 한쪽에서 이 투자 건을 종료하고 현시점의 값어치를 계산해서 돈을 주면 그걸로 계약 끝이다.

"그 말은, 미다스 측에서 계약 종료한다고 고지하고 돈을 주면 그걸로 땡이라는 거죠."

그 말에 송정한의 얼굴이 딱딱하게 굳었다.

확실히 계약서에는 그런 내용이 있었다.

"지금 사실 그 회사 주식은 똥값이거든요."

"똥값이라……. 그렇지. 똥값이지."

애초에 노형진이 세운 연구 전문 회사고 지난 몇 년간 수익이라는 게 없었다.

당연히 투자는 되어 있지만 수익은 없었다.

주식회사도 아니기에 주식거래도 없고 말이다.

"하지만 이게 발표되면 어떻게 될까요?"

"허."

아마도 수익은 상상을 초월할 것이다.

일단 주식을 팔지 않는 건 둘째 치고 전 세계에서 코델09 바이러스의 백신을 판 후에 그 수익을 분배하는 것만으로도 충분하니까.

"지금 팔면 잘해 봐야 1억? 2억? 그 정도 수익이 나겠지요. 하지만 이게 발표된 후에는 과연 주식의 가격이 얼마나 뛸까요?"

못해도 100배 이상은 뛸 거다, 다른 기업들은 이제야 1차 실험을 하네 마네 하고 있는 상황이니.

"저희 측 백신의 방어율은 98.8%입니다."

"놀랍군."

"거기다가 어마어마한 양의 백신을 생산할 수 있는 공장도 이미 있지요."

"그렇지."

세계복지재단은 복제약을 생산해서 빈국에 공급하기 위해 이미 어마어마한 규모의 생산 시스템을 빈국 위주로 구축해 두었다. 동티모르 같은 경우는 국가 자체가 거대한 의학 공장이라고 봐도 무방할 정도다.

그런 곳에서 미친 듯이 백신을 생산하기 시작한다면?

당연히 수익은 엄청나게 나올 것이다.

"이권을 포기할 것이냐, 이권을 지킬 것이냐."

이권을 주는 건 어렵지만 이미 있는 이권을 빼앗는 건 쉽다.

"돈요? 전 세계에서 어마어마한 투자금이 들어올 텐데 그 정도 뻥카를 못 치진 않을 것 아닙니까? 누차 말하지만 권력자들의 궁극의 꿈은 재벌입니다."

"허."

송정한은 혀를 내둘렀다.

하긴, 아무리 권력이 좋다고 해도 결국 이권을 위해 권력을 잡으려고 하는 거다.

당장 권력을 잡아도 뇌물은 잘해 봐야 수십억. 그마저도 잘못하면 모가지가 날아가는 위험한 돈.

그에 반해 이 계약은 유지만 잘한다면 100억 이상의 수익, 그것도 '당당한' 수익을 얻을 수 있다.

이미 투자한 국회의원의 입장에서 할 선택은 뻔했다.

"똥줄 한번 타 보라고 하세요, 후후후."

"미친놈! 정녕……."

코리아 타임라인을 통해 발표된 신당 창당의 가능성.

송정한의 공식적인 발표였기에 정치계는 발칵 뒤집어졌다.

"이놈이 이런 식으로 끝까지……."

곽차수는 이를 뿌드득 갈았다.

그렇잖아도 마음에 들지 않던 인간이었다. 하지만 배경이 어마어마해서 어쩔 수 없이 공천을 줬다.

그런데 이런 핵폭탄을 터트릴 줄이야.

"아니, 협상도 없이 이런단 말입니까?"

생각지도 못한 반발에 한국도는 어이가 없다는 듯 곽차수에게 물었다.

원래 신당 창당은 진짜 양측의 갈등이 극에 달해서 대책이 없을 때나 벌어지는 일이다.

"딱 한 번 찾아왔네. 공정하게 행동하라고 요구하더군."

"그래서요?"

"그래서는 뭘 그래서야? 우리는 공정하게 아무것도 하지 않겠다고 했지."

말이 공정하게 아무것도 안 하겠다는 거지, 검찰을 통해 송정한을 조지겠다고 넌지시 경고한 거다.

그러니까 개혁이고 나발이고 입 닥치고 권력이나 누리라고.

"그랬더니 신당 창당이라…… 허!"

"다른 이야기도 없이 말입니까?"

"그래, 다른 이야기도 없었어."

그 말을 듣고는 한국도도 기가 찼다.

이렇게 극단적인 방향성을 가지고 움직이는 경우는 드물기 때문이다.

보통 신당 창당 이야기가 나올 정도의 상황이 되려면 못해도 6개월 이상은 싸움박질을 해야 한다.

"이해가 안 가는군요. 그런 짓을 한다고 해서 딱히 바뀌는 것도 없을 텐데요."

"뒤에서 제시한 돈이 두둑하니까 그러겠지. 새론이 있지 않나?"

"하긴, 그건 그런데……."

한국도는 왠지 불안했다.

송정한이 아무런 계획도 없이 이렇게 내지를 타입은 아니니까.

"끄응……."

넘실거리는 불안감에 절로 신음이 흘렀다.

"노형진이 수작을 부린 걸까요?"

"그럴 걸세. 그날도 노형진이 같이 왔으니까."

노형진이 같이 왔다면 사실상 확실하다고 봐야 한다.

물론 송정한의 정치적 감각을 깔보는 것은 아니다. 하지만 그가 정치적 감각을 가진 것과 새로운 당을 창당하는 데 필요한 힘과 권력을 지원하는 것은 전혀 다른 문제다.

"우리를 협박하려는 수작일까요?"

"그럴 가능성이 높지."

"어차피 불리할 텐데요."

"우리한테 엿은 먹일 수 있겠지."

"하긴, 표를 갉아먹는 게 목적일 테니까요."

가질 수 없다면 부숴 버리겠다는 말처럼, 새로운 민주 계열의 창당이 이루어지면 그에 따른 표의 분산은 외면할 수 없는 현실이 된다.

당연히 그런 경우는 이쪽에서 협상을 통해 데리고 와야 하는데…….

"권력을 자유신민당에 줄 생각은 아닐 텐데……."

"그러니까."

민주수호당도 노형진에게 유감이 많지만 자유신민당에는 비할 바가 아니다.

자유신민당은 노형진의 수작질로 인해 수십 년 동안 쌓아 둔 은밀한 자금을 엄청나게 털렸기 때문이다.

당장 화폐 디자인의 변경만 해도 그렇다.

디자인이 변경되면서 현금으로 쌓여 있던 자유신민당의 비자금을 바꿔야 했고, 이는 개인당 한계가 있었기에 결과적으로 어마어마한 손실을 봐야 했다.

못해도 수백억은 날려 먹었다는 소문이 도는 상황.

그런 자유신민당에 권력을 준다? 그러면 노형진과 송정한이 가만있을 리 없다.

"당연히 이쪽에 고개를 숙일 거라 생각했는데……."

더러운 싸움에 끼어드느니 차라리 이쪽에 고개를 숙이기를 원해서 이런 짓을 한 건데 그게 먹히지 않았다니.

"아무리 생각해도 영 찜찜한데 말이지. 기사가 나갈 정도면 창당 계획은 확실하게 나온 건데."

"하지만 혼자서 창당한다고 해서 달라지는 건 없지 않습니까?"

"그러니까."

송정한은 계파를 가질 만한 위인이 아니다.

물론 아예 계파가 없다는 뜻은 아니다. 능력이 뛰어나고 동시에 든든한 배경이 있기 때문에 소수의 계파가 있기는 하다.

하지만 말 그대로 '소수'다.

그들의 숫자는 채 열 명이 안 되고, 그나마도 초선이다. 중진이라고 할 수 있는 건 유찬성 의원 정도.

"하지만 유찬성은 분란을 일으키는 타입은 아니지."

유찬성이라는 사람 자체가 큰 권력을 누리기를 원하기보다는 조용히 국회의원을 오래 해 먹고 싶어 하는 사람이다.

그마저도 이제는 나이가 있어서 은퇴를 고려하는 상황이고 말이다.

"그런데 대체 뭘 믿고?"

상황이 이해가 가지 않는 두 사람이었다.

"일단은 설득해 봐야 할까?"

"아닙니다. 놔두시죠."

"뭐?"

한국도의 말에 곽차수는 눈을 찡그렸다.

"어차피 저쪽에서 요구할 건 뻔합니다. 이쪽에 대선 후보 권한을 달라고 할 겁니다. 송정한 그 인간이 부러졌으면 부러졌지 휘어질 인간은 아니지 않습니까?"

"그렇지."

"그러기 위해 위협하는 겁니다. 차라리 우리가 더 강하게 몰아붙이는 게 좋을 것 같습니다."

"더 강하게라……."

"네, 강하게요."

내부의 누군가가 신당 창당을 할 때, 협상을 통해 상대방을 데리고 오는 것만 방법인 것은 아니다.

때때로는 상대방을 완전히 병신을 만들어서 이름도 못 꺼내게 만드는 것도 방법이다.

실제로 신당을 창당하면 관련된 국회의원은 일단 검찰과 경찰에게 신상이 깡그리 털린다고 봐야 한다.

그걸 막기 위해서는 그들과 안면을 터 두거나 기존 정당에서의 공격을 막을 정도의 힘을 가지고 있어야 한다.

"하지만 송정한에게는 그런 게 없죠."

도리어 검찰과 경찰은 송정한을 못 죽여서 안달이고, 그렇게 힘을 추구하는 인간이었다면 대선 후보 협상은커녕 벌써 민주수호당이 그의 아래에서 고개를 숙이고 싹싹 빌고 있었을 것이다.

"아예 묻어 버리자?"

"선거는 아직 멀었습니다. 2년은 국회의원 하나 조지는 데 충분한 시간입니다."

"하지만 뒤에 새론이 있는데?"

"압니다. 하지만 나중에 뭐 좀 두둑하게 챙겨 주면 새론에서도 알아서 물러날 겁니다."

그 말에 곽차수는 고개를 끄덕거렸다.

"그렇단 말이지. 그러면 검찰…… 아니다. 법원에도 연락해 놔야겠군. 이번 기회에 확실하게 송정한을 치우도록 하지. 미끼용으로 데리고 온 놈이 너무 커 버렸어."

곽차수는 혀를 끌끌 차면서 말했다.

그렇게 그들이 송정한의 미래를 결정하는 그때, 다급하게 들어온 보좌관이 두 사람에게 다가왔다.

"의원님, 긴급하게 확인해야 할 뉴스가 있습니다."

"긴급하게 확인해야 할 뉴스?"

"미국발 뉴스입니다만."

"미국? 거기에서 뭔 일 터졌어?"

미국이라는 말에 곽차수는 눈을 찡그렸다.

미국에서 기침하면 한국은 몸부림쳐야 한다. 그러니 미국의 뉴스는 신경을 쓰지 않을 수가 없었다.

"일단 인터넷 번역입니다만."

보좌관은 핸드폰을 내밀어서 인터넷 기능으로 번역된 미국의 뉴스를 내밀었다.

"뭔데?"

그걸 받아 든 곽차수는 손으로 안경의 착용 상태를 조정하며 흐릿한 화면 속의 글을 읽기 위해 노력했다.

"에잉, 내가 누차 말했지, 와이플 폰은 너무 작다고! 내가 볼 수 있는 큰 폰으로 가지고 다니란 말이야!"

"죄…… 죄송합니다! 바로 바꾸겠습니다!"

"어디 보자…… 코델09바이러스 백신의 3차 임상 실험에 들어가면서 진한약품에서는 미 FDA에 긴급 승인 요청을……. 3차? 3차 임상 실험이라고!"

그걸 보고 곽차수는 자리에서 벌떡 일어났다. 한국도 역시 깜짝 놀라서 자리에서 일어났다.

3차 임상 실험이라는 건 사실상 안전성이 어느 정도 확보되었다는 소리다.

1차 동물실험을 거친 뒤 2차 임상 실험을 통해 소수의 비교군에 안전성과 치료 성능을 확인하고, 그 후에 다수를 대상으로 하는 3차 임상 실험을 통해 보편적인 안전성을 확보하는 것.

그게 제약 허가의 기본이라는 것은 이미 알고 있었다.

그런데 3차라니?

"지금 이게 말이 돼? 우리 정보대로라면 가장 빠르게 연구 중인 곳이 현재 1차 동물실험 중이라고 하지 않았어?"

"맞습니다. 대부분은 이제 실험을 시작했습니다. 그래서 아무리 빨라도 올해 말에나 백신이 나올 거라 생각했습니다."

"그런데 3차라고? 농담해?"

"더 보셔야 합니다."

"젠장…… 젠장, 이걸……. 씨팔, 큰 거로 바꾸라고 몇 번이나 말했어!"

읽다가 분통이 터진 곽차수는 결국 핸드폰을 있는 힘껏 집어 던졌다. 보좌관은 아직 할부 기간이 많이 남은 자신의 와이플 폰이 박살 나는 걸 보면서 눈물을 찔끔 삼켰다.

"컴퓨터로 찾아!"

"네…… 의원님."

간신히 컴퓨터로 뉴스를 찾아서 번역기를 돌리자 그나마 자세한 글을 볼 수 있었다.

2차 임상 실험 결과 진한약품에서 개발한 백신의 감염 방지 효과는 98.8%이며 또한 위중증으로의 발전 가능성은 백신 미접종자 대비 대략 0.1% 정도로…….

그렇잖아도 전 세계가 코넬09바이러스로 인해 몸살을 앓고 있다. 그런데 갑자기 백신이라니.

"그런데 진한약품? 이거 한글 이름이지?"

"네."

"한국 회사라고? 도대체 진한약품이 어디야? 젠장, 기억이 안 나는데!"

"진한, 진한……."

그 말에 한국도는 그 이름을 곱씹었다.

분명 충격적인 일이다. 그런데 이 진한약품이라는 이름을 어디선가 분명 들어 봤다.

'작은 회사인 것 같은데.'

큰 회사라면 자신에게 뇌물을 줬을 테니 기억을 못 할 리가 없다.

그런데 작은 회사가 뜬금없이 코델09바이러스 백신을 내놨다?

'진한…… 진한……. 진짜 어디서 들어 봤어. 진한…….'

한국도는 아무리 기억을 더듬어도 생각나지 않자 핸드폰을 찾아보았다. 그리고 깜짝 놀랐다.

"곽 의원님, 큰일 났습니다."

"또 뭔 큰일? 나중에 이야기하세요. 당장 차량 준비해. 진한약품에 방문이라도 해야……."

선거를 위해서라도 이름을 올려놔야 한다.

일단 한국에 뉴스가 크게 터지기 전에 가서 치하라도 하면서 다리를 걸쳐 놔야 적당한 이득을 챙길 수 있기에 곽차수는 마음이 급했다.

하지만 그는 나가지 못했다. 한국도가 나가려고 하는 그를 붙잡았기 때문이다.

"뭐 하는 짓이야!"

곽차수는 은근한 분노가 찬 눈빛으로 한국도를 노려보았

다. 혹시나 자신을 엿 먹이려고 방해하는 건가 해서였다.

하지만 한국도가 곽차수를 붙잡은 건 그런 이유 때문이 아니었다.

"진한약품 그놈들, 미다스 겁니다."

"미다스? 잠깐. 미다스라고?"

"기억 못 하십니까, 동티모르 사건?"

"동티모르? 그 째깐한 나라? 거기가 왜…… 아!"

동티모르 사건.

동티모르에 초거대 복제약 생산 공장을 세워서 빈국에 공급하겠다는 세계복지재단의 계획 때문에 정치계가 난리가 났던 사건이다.

그 당시 빈국에 비싼 값으로 약을 팔아넘기던 제약 회사들은 비명을 질러 댔고, 실제로 그들의 매출은 바닥을 찍었다.

비싼 값에 약을 사서 뿌리던 자선단체들 역시 투명하게 움직이는 세계복지재단의 방식 때문에 상당수 말라 죽어 가기 시작한 시점.

당연히 한국에 어마어마한 압력이 들어왔는데, 그때 그 동티모르 공장에 복제약 생산 기술을 제공한 게 바로 진한약품이었다.

"그거, 노형진이 인수한 공장 아니야?"

"맞습니다."

그 당시 노형진이 진한약품을 인수해서 전 세계에 제공할 수 있게끔 조치해 놨다.

원래 조그만 기업으로, 보호 기간이 끝난 복제약이나 팔아먹던 진한약품이 그 사건으로 크게 성장해 연구 전문 기업으로 재탄생했다는 사실이 두 사람의 머릿속에 그제야 떠올랐다.

"그놈들이라고?"

"네, 맞습니다. 그놈들입니다."

확실히 가능성이 높기는 하다.

복제약을 팔아먹는 정도의 소규모 기업으로 운영되던 진한약품이 그 후 막대한 수익과 미다스의 지원 아래 연구 전문 기업으로 바뀐 건 유명한 일이니까.

"그런데 거기서 코델09바이러스 백신이 나왔다고?"

"네."

"이런 젠장."

두 사람은 이를 뿌드득 갈았다.

그도 그럴 게, 진한약품이 성공하고 나자 당연히 국회의원들은 거기에 수저를 올리려고 했다.

글로벌 자선단체와 선이 있다는 좋은 이미지를 만들 기회였으니까.

하지만 진한약품은 조까를 시전했다.

일부 의원들이 그런 진한에 보복하려고 했지만, 노형진이 방문한 후에는 꼬리를 말았다. 그리고 그렇게 사건은 조용히 잊혔다.

진한약품이 특별한 일을 한 것도, 기적적인 약을 만들어
낸 것도 아니니까.

　물론 연구 전문 기업답게 종종 신약을 발표하기는 했지만
뜯어먹을 것도 없는 작은 기업에 국회의원들은 관심을 두지
않았다.

　"그런데 그런 곳에서 코델09바이러스 백신을 만들었다고?"

　어떻게 보면 상관없어 보이는 일이었다.

　하지만 오랜 경험상, 그 둘은 일이 크게 잘못되고 있다는
걸 느낄 수 있었다.

⚖️

　진한의 코델09바이러스 백신 개발.

　이 뉴스를 들은 사람들은 모두 진한 앞으로 몰려갔다.

　기자들에서부터 이슈 유튜버, 각 기업의 제약사 대표들,
그리고 지금이라도 투자하겠다고 몰려든 사람들까지 진한약
품 앞은 난장판이었다.

　"한마디라도 해 주세요!"

　"진짜로 코델09바이러스 백신이 나온 겁니까?"

　"안녕하세요. 정보 TV입니다. 저는 지금 코델09바이러스
백신을 개발 중인 진한약품 앞에 있는데요. 지금 개판이네
요. 진한약품은 현재 아무 말 없고요. 아, 주식요? 못 사실걸

요. 진한약품은 주식회사가 아니라서 주식 자체가 없어요."

"제발, 내 돈 좀 받아 줘!"

"30억! 아니, 50억을 투자하겠네! 잠깐만 얼굴 좀 보여 주게나!"

몰려든 사람들을 보고 있던 남자, 박석한은 기분이 묘했다.

"당분간 집에 가기는 글러 먹은 것 같지?"

"네."

박석한. 원래 진한약품의 대표였던 그는 기업이 노형진에게 넘어간 후에도 전문 경영인으로 계속 대표직을 유지하고 있었다.

"그나저나 시끄럽기는 엄청 시끄럽네요."

"그럴 거야. 나도 이게 미친 짓이라고 생각했으니까."

노형진이 코로나 계열의 바이러스 연구에 박차를 가하라고 했을 때만 해도 그는 미쳤다고 생각했다.

더군다나 들어가는 돈도 터무니없었다.

막말로 진한약품은 노형진에게 넘어간 후로 단 한 번도 흑자가 난 적이 없었다.

흑자를 논할 수도 없는 수준으로, 그야말로 터무니없는 돈을 까먹었다. 적자가 순이익의 서른 배씩 나기도 했다.

아무리 진한약품이 복제약과 동티모르를 비롯한 전 세계 빈국에서 생산한 약을 파는 글로벌 제약사라고 해도 사실 수익 자체는 엄청 작았다.

일단 한국의 복제약 시장은 제약사가 워낙 많았기 때문이다.

그렇다고 동티모르 쪽 공장에서 수익이 많이 나냐? 그것도 아니다.

빈국 지원이라는 핑계 때문인지 가격은 진짜 원가에서 조금 더 붙이는 정도의 수익만 냈다.

그 상황에서 연구를 위해 세계 석학을 초빙하고 수십억짜리 연구 장비를 가지고 오기까지 하자 적자가 안 나면 이상한 상황이 되었고, 그 모든 자금을 노형진이 자비로 커버해야 했다.

"그런데 한 방에 터지네."

"네."

"그래서 정부에서는 뭐라고 하던가?"

"지금 당장 경비 병력을 보내겠다고 합니다."

"쓸데없는 짓을 하는군."

이미 이 연구소는 보안에 관해서는 이중 삼중으로 철저하게 이루어지고 있었다. 이제 와서 경비 병력을 붙여 준다는 건 그냥 쇼하는 거다.

"뭐, 상관없나. 자료는 철저하게 조치한 거지?"

"네, 아예 인터넷 접촉 자체도 안 되는 공간에 있으니까요."

철저한 내부 라인만으로 연결된 연구소.

자료는 허가받은 USB로만 꺼내는 게 가능하고 그마저도 건물 밖으로는 못 나간다.

물론 연구원 중 누군가가 자료를 빼돌릴 수도 있다.

사실 이미 시도한 사람이 있었다.

중국으로 추정되는 자들에게서 돈을 받아서 자료의 일부를 빼돌리고 사라진 연구원.

하지만 3일 후, 그는 보안 팀에 끌려와서 살려 달라고 빌었다.

물론 살려는 줬다. 그 대신에 산업스파이로 처벌받았다.

그걸로 끝이 아니다. 그는 현재 동티모르에 가 있고, 영원히 한국에 오지 못하게 되었다.

정확히는 그곳에서 나가지도 못하고 영원히 일하게 되었다.

노형진이 그의 머릿속에 있는 정보의 가치가 사라질 때까지 누구와도 접촉하지 못하게 하기로 결정했기 때문이다.

도망가는 거? 과연 미다스에게서 도망갈 수 있을까?

불가능하다.

당연히 그는 거부하려고 했지만 그건 불가능했다.

그 사실이 알려진 후로 누구도 배신할 생각을 하지 않았다.

그렇잖아도 산업스파이는 처벌이 심한데 그 정보가 가치를 잃는 순간까지 걸리는 시간이 20년이 될지 30년이 될지 알 수 없으니까.

단순히 처벌로 끝나지 않고 인생을 파멸시키는 걸 보고 그 누가 돈 몇 푼에 인생을 걸겠는가?

더군다나 복장도 문제다.

옷 안에 슬쩍 정보가 담긴 뭔가를 숨긴다? 불가능하다.

내부에서 입는 옷은 외부에서 입는 옷과 다르다. 회사에 오면 속옷까지 모조리 회사에서 제공하는 옷으로 갈아입어야 한다.

그리고 그가 일하는 동안 외부에서 입고 온 옷은 고의적으로 강력한 전자기장에 노출된다.

어떤 장비가 숨겨져 있든 박살 날 수밖에 없다.

그들이 다시 옷을 갈아입고 퇴근한 후에도, 입고 있던 옷은 전자기장으로 혹시 모를 장비의 부착을 막는다.

그런 상황이니 아무리 날고뛰어도 정보를 빼 가는 건 불가능하다.

현대 기술은 사람이 암기할 수 있는 양이 아니니까.

결국 신발이나 장비를 이용해서 찍거나 옮겨야 하는데 그럴 기회 자체가 없었다.

"그나저나 저 사람들은 어떻게 할까요? 저대로 두면 절대 돌아가지 않을 것 같습니다만."

그 말에 박석한은 피식 웃었다.

"경찰에다가 방역법 위반으로 신고해 버려. 볼만하겠네,

아주. 후후후."

$$\maltese$$

그 시각, 노형진은 대룡에 와 있었다.

"늦으셨네요."

"이 나이 먹고 내가 뭐 하는 짓인지 모르겠다."

유민택은 의자에 앉아서 미소를 짓고 있었다.

과거의 패기도 열정도 많이 사라진 그였지만 여전히 그의 눈에는 빛이 가득했다.

"은퇴 안 하십니까?"

"슬슬 해야지. 손주 녀석이 준비가 좀 더 되면. 배울 게 많아. 멍청한 놈들이 날 두고 가지 않았다면 내가 이러지 않아도 되는데 말이지."

왠지 우울한 얼굴로 말한 유민택은 다시 한번 노형진에게 시선을 돌렸다.

"그나저나 놀려고 이 노구를 보러 온 건 아닐 테고. 대룡 제약이 필요한 거냐?"

"어떻게 아십니까?"

"알지. 모르겠냐, 이놈아. 내가 널 알고 지낸 게 몇 년인데."

유민택은 빙긋 웃었다.

"어차피 동티모르 생산량은 한국에 올 수는 없을 테니까. 이미 진한으로 잔뜩 몰려들었다지?"

"아시네요?"

"대룡제약 사장 놈도 그렇게 보고하고 뛰어갔는데 어련할까."

유민택은 혀를 끌끌 찼다.

그가 늙고 힘이 빠지기는 했지만 그렇다고 해서 현명함이 사라진 건 아니었다.

"동티모르 공장에서 나온 건 글로벌 시장에 뿌리기에도 바쁠 테고, 한국에 집중적으로 뿌리면 분명 원망을 살 테고, 진한약품에 그런 백신 생산 시설이 충분한 것도 아닐 테고. 결국 방법은 하나뿐이지. 다른 곳에서 생산하는 것."

진한은 복제약 전문이지 백신 전문 회사가 아니다. 당연히 백신 생산 시설이 한국에는 없다.

동티모르 공장이야 전 세계에서 백신 소비량이 엄청나니까 백신 생산 시설이 있다.

당연하다. 병에 걸린 사람에게 치료약을 주는 것보다는 백신으로 걸리지 않게 하는 게 더 이득이니까.

하지만 복제약 위주로 생산하는 공장에서 백신 생산 시설을 확보하는 건 일이 너무 커진다.

"그러니까 대신 한국에 공급할 공장이 필요하지."

"맞습니다."

"다른 놈들한테 맡기면 장난칠 게 뻔하고."

가격이야 계약할 때 묶어 놓으면 되지만 높은 확률로 중국에 제조법을 넘길 거다.

"어차피 아시아권 생산량은 대형 공장에서 감당해야 하고요."

동티모르는 너무 멀기도 하지만, 일단 그쪽 생산량으로는 미국과 유럽 그리고 아프리카 등지를 커버하기에도 부족할 게 뻔하다.

"무슨 뜻인지 알겠네. 협조하지. 뭐, 다른 약의 생산에 차질이 빚어지겠지만."

"큰 손해는 아닐 겁니다. 요즘 매출이 많이 줄었지요?"

"솔직히 그러네. 아무래도 코델09바이러스 때문이지."

우습게도 코델09바이러스는 사람을 많이 죽였지만, 그걸 막기 위해 방역하는 과정에서 다른 질병들이 퍼지는 걸 막아 다른 질병 환자들이 급감하는 현상을 일으킨 것이다.

"하지만 양이 되겠나? 솔직히 말하지. 아무리 우리 대룡제약이 크다지만 그건 감당 못 할 것 같은데."

"대룡제약은 주요 원액만 생산하는 형태로 가야 할 겁니다."

"그 정도인가?"

"다른 제약 회사에서 생산을 포기할 가능성이 있으니까요."

"다른 곳에서?"

"네."

노형진은 고개를 끄덕거렸다.

"이미 약이 나왔는데 다른 나라에서 접종을 하지 않겠습니까?"

당연히 접종할 거다.

이미 긴급 사용 승인을 신청한 상황이고, 아무리 빨라도 다른 나라의 백신은 사용 승인이 나오기까지 최소 8개월은 더 걸릴 거다.

"그사이에 대부분의 사람들은 백신을 맞을 테고요."

충분한 양은 아니지만 그래도 대부분의 사람들은 백신을 맞을 테고, 당연히 추후 생산되는 백신은 소비해 줄 사람이 없게 될 거다.

그 정도로 시간이 지나면 백신을 맞지 않은 사람들은 백신 거부자들밖에 없을 테니까.

'그리고 그만큼 지나고 나면 부스터샷도 맞아야 하지.'

노형진은 부스터샷 없이 최대한 한 번에 맞기를 원했지만 애석하게도 현재의 과학기술로는 불가능했다.

코델09바이러스는 변이가 너무 많고 감염이 빠르기 때문이다.

아무리 최선을 다한다고 해도 변이 자료도 없는데 미리 약을 만드는 건 불가능했고, 진한약품의 백신은 부작용을 없애는 데 집중해야 했다.

'실제로 보고서에 따르면 회귀 전 약보다 훨씬 부작용이 덜하다니까 그나마 다행이지.'

훨씬 오랜 시간을 준비한 진한약품의 약은 최대 부작용이 근육통 선에서 끝나지만, 다른 백신은 부작용으로 혈전이나 심근염 등 위험한 것도 좀 있다.

"그 상황에서 아무래도 사람들이 다른 기업의 백신을 사용하기는 힘들겠죠."

애국심은 둘째 치고 부작용이 더 심한데 과연 누가 그 약을 쓰겠는가?

"뭐, 나중에는 어떻게 될지 모르지만 아마 한국의 모든 제약 회사를 총동원해서 만들어야 할 겁니다."

"하지만 제조법을 뿌리기에는 위험하다 그거군."

"맞습니다."

그래서 생각한 게 바로 핵심 재료는 대룡에서 만들고 이후 한국의 백신 기업들이 생산, 아시아권을 커버하는 거다.

"그러도록 하지."

유민택은 고개를 끄덕거렸다. 자신이 봐도 합당한 말이니까.

"그나저나 요즘 제법 재미있는 일을 하고 있다던데."

"벌써 여기까지 소문난 겁니까?"

"정치인들의 선거는 이제부터 아닌가? 그리고 기업의 정치 대응도 지금부터지."

그건 맞는 말이다. 미리 줄을 잘 서고 양념을 쳐 놔야 나중에 두들겨 맞지 않으니까.

"그래서 우리 쪽에서도 말이 많지. 송정한이냐, 아니면 한국도냐."

"어떻게 생각하십니까?"

"현재로서는 한국도가 더 유리하긴 하지. 정치 경력도 더 길고, 중립이라는 이미지상 저쪽 표를 일부라도 끌어올 가능성도 있고."

그에 반해 송정한은 개혁의 이미지가 너무 강하다.

그러다 보니 저쪽의 표를 기대하기가 힘든 게 사실.

"하지만 그건 어디까지나 이미지 정치죠. 뭐 다른 거 없습니까?"

노형진이야 사이코메트리로 정보를 얻지만 유민택은 사람을 통해 정보를 얻는다.

사실 무차별적인 정보력이라는 면에서는 노형진보다 유민택과 대룡그룹이 훨씬 낫다.

"송 의원님이 별말 안 했나 보군?"

"송 의원님은 남의 사생활을 뒤지고 사시는 분이 아니니까요."

하지만 대룡이라는 거대한 기업 입장에서는 그런 정보를 얻기 위해 노력할 가능성이 크다.

"솔직히 말해서, 기업들은 송정한보다는 한국도를 더 밀어줄 거야."

"대룡도 마찬가지입니까?"

"대룡도 마찬가지일세. 그건 자네와 내 관계가 아니라 기업인 입장에서 판단한 결과니까."

노형진은 그 짧은 말에서 많은 걸 알 수 있었다.

기업이 그를 밀어준다. 그 말은, 기업의 이권을 적극적으로 챙겨 준다는 걸 의미한다.

그런 노형진의 마음을 아는 건지 유민택은 조용히 말했다.

"단기적으로 본다면 분명 한국도는 한국 기업에 큰 도움이 될 거야."

'단기적으로'라는 말. 그 말에는 많은 내용이 담겨 있었다.

"예를 들면요?"

"예를 들면……."

유민택은 소파에 깊숙이 기대며 머릿속으로 적당한 제안을 생각했다.

이 시기가 되면 슬슬 각 정치인들은 기업들에 미끼를 건네기 시작한다.

정해진 선거 비용이 있지만 그건 현실 선거에서는 터무니없이 부족하고, 애초에 당내의 경선은 그러한 선거 비용을 보전받지도 못하는 경쟁.

당연히 주요 후보들은 기업에 적당한 제안을 하고 그 대신에 돈을 지원받는 게 암묵적인 룰이었다.

"대룡의 지방 공장 부흥이 있겠군."

"지방 공장의 부흥요?"

"그래. 우리가 지방 공장을 많이 운영하는 건 알지?"

"알죠."

그 시스템을 만든 게 바로 노형진이니까.

공장이 생겨야 지방이 산다.

아무리 지방을 좋게 포장한다고 해도 먹고살 방법이 없다면 그곳에 내려가려고 하는 사람은 없다.

"얼마 전에 한국도가 찾아와서 재미있는 제안을 하더군."

"재미있는 제안이라고 한다면?"

"상광리 지역을 특화시켜 주겠다고 하더군."

"상광리요?"

"그래. 자신의 공약 중 하나라고 하던데. 한국에서 사용하지 못하는 화학약품을 사용해도 괜찮도록 일부 지역의 제한을 풀어서 그 지역을 해당 산업의 특화 지역으로 만들어 주겠다고 하더군."

"상광리라면 전자 공장이 있는 곳 아닙니까?"

그 말에 노형진의 얼굴이 딱딱하게 굳었다.

그도 그럴 게 상광리에는 노형진이 만든 세 번째 복지형 공장이 있기 때문이다. 아직 개발 중이고 속속 확장 중이기는 하지만.

복지형 공장이란 어디 가지 못하는 아이들이 취업할 수 있도록 도와주는 방식의 공장이다.

처음에는 가출 청소년 출신들이 대룡학교를 졸업한 후에 취업하는 방식으로 운영되었으나, 나중에는 보육원 출신이나 미혼모 시설 등에서 나온 후에 일할 곳이 없는 사람들을 위해 다른 지역에도 세워졌다.

지방에 있다고 해서 나쁜 것만은 아닌 게, 그들은 어차피 생활이 급한 상황이기에 일단 취업해서 실력을 늘리는 데 집중하고 있었고, 대룡 입장에서는 그런 그들을 상대적으로 싼 임금에 쓸 수 있었기 때문이다.

결과적으로 싼 가격으로 물건을 만들어서 공급할 수 있기 때문에 대룡은 다른 경쟁사들에 비해 상당히 유리한 포지션을 점하고 있었다.

가성비에서 다른 기업들을 찍어 누르고 점유율을 엄청나게 높일 수 있었던 거다.

"그런데 거기에 특정 화학물질을 허가받은 특구를 만들어 준다고 했다고요?"

"그러더군."

"미쳤군요."

특정 화학물질이 사용 금지된 데에는 다 이유가 있는 거다.

사실 대부분의 이유는 거의 하나로 귀결된다. 사람 몸에 좋지 않으니까.

가격이 싼 만큼 사람 몸을 갉아먹는다.

암이나 백혈병에 걸리게 만드는 건 흔한 일이고, 과거에는 특정 화학물질을 사용한 모 대기업에서 일하던 여성 근로자들이 자궁이 녹아내려 모조리 불임이 된 사례도 있었다.

그만큼 화학물질은 조심해서 관리해야 한다.

그런데 그걸 특정 지역에 한해 풀어 준다? 결국 사람을 갈아 넣어서 돈을 벌라는 소리다.

"미쳤군요. 상광리라……. 왜 거기를 노렸는지 알 것 같습니다."

상광리에는 다른 기업의 공장이 없다. 그곳에 있는 건 대롱의 복지형 공장뿐.

거기에서 일하는 사람들은 대부분 힘도, 돈도, 권력도 없으며 심지어 가족조차도 없는 저항할 수 없는 사람들이다.

"그들의 피를 빨아먹으라 이거군요."

소송을 해도 법적으로 자신들이 커버해 줄 수 있으니까.

합법이니까.

당연히 그들은 대롱을 상대로 이길 수 없다.

"그래서 뭐라고 하셨습니까?"

"생각해 보겠다고 했지. 알지 않나, 이런 건 답을 줄 수가 없어."

거부하는 순간 적으로 판단하고 자신의 모든 힘을 다해서 대롱을 말아먹으려고 할 거다.

물론 대롱이 고작 국회의원 한 명의 힘으로 망할 만큼 약한 기업은 아니지만, 어찌 되었건 그는 유력한 대선 후보.

국회의원의 힘과 대통령의 힘은 절대로 비교할 수 있는 대상이 아니다.

"무슨 소리인지 알겠네요."

물론 대통령이 되기 위해 많은 계획을 세울 거다. 하지만 이건 그 선을 넘는 협상.

'그 본질을 보여 주는 거지.'

단순히 이권을 챙겨 주는 것? 그건 말릴 수 없다.

사실 툭 까고 말해서 대통령이 된 후에 낙하산이니 뭐니 다들 욕하지만 그러지 않을 수는 없다.

세상의 그 누구도 대통령이 된 후에는 자기 사람을 챙기기 마련이다.

낙하산이라고 욕하는 거? 그건 정치적인 미사여구일 뿐 그 인간도 대통령이 되면 주변을 자기 사람으로 채우는 건 마찬가지다.

'하지만 이건 다르지.'

이권을 챙기는 것과 위험한 제약을 풀어 주는 것은 전혀 다른 문제.

그럼에도 불구하고 이런 제안을 한다는 것은, 나중에 대통령이 된다면 경제란 미명하에 사람들의 피와 눈물을 짜낼 가능성이 높은 인간이라는 뜻이다.

"그런데 아까 단기적으로는 좋은 사람이라고 했죠? 그러면 장기적으로는 어떤 사람입니까?"

좋은 사람이 아니라 단기적으로 좋은 사람. 그 말은 장기적으로는 피해를 준다는 거다.

"그간 한국도의 행적을 보면 그의 모든 선택은 그 자신의 이권을 위한 것이었네."

"자신의 이권이 우선이었다고요?"

"그래. 화전 양면 전술이라고 하지? 앞에서는 웃으며 손을 내밀지만 뒤에서는 음험한 짓을 하는 게 그의 특기야."

"하긴, 그 이야기는 송 의원님도 하더군요."

깨끗하고 중립적 이미지를 가지고 있기는 하지만 네거티브의 천재라고.

"아마 이번 제안도 우리를 엮기 위한 함정이겠지. 알다시피 우리가 정치권과 사이가 그다지 좋지는 않지 않나?"

대룡은 정치권과 거리가 좀 있다. 노형진의 힘 덕분에 그들과 몇 번 싸워 이긴 적도 있으니까.

그런데 아무리 대통령이 되려 한다 해도 그런 제안을 한다?

"아마도 나중에 그걸 이용해서 우리를 엮어 두들겨 패겠지."

처음에는 제약을 풀어 주고 해당 약품을 쓸 수 있게 해 줄 거다. 하지만 그 후에 그 약품을 쓰는 건 국가가 아닌 대룡의 책임이다.

이미 한번 사용 금지가 떨어질 만큼 위험하다고 알려진 약품을 쓰다가 진짜로 문제가 터진다면?

"아마 그걸 핑계 삼아 우리 대룡을 신나게 두들겨 패면서 자기 주머니를 두둑하게 채우려고 하겠지."

아마 돈을 주면 사건을 무마해 줄 테고, 그러지 않는다면 언론을 통해 그 문제를 터트릴 거다.

"우리가 자네와 함께 만든 수십 년의 이미지는 그날로 끝나는 거지."

다른 건 몰라도 그 문제가 제일 심각할 거다.

대룡은 선한 기업이라는 이미지가 강하다. 그리고 그게 깨지면 진짜 걷잡을 수 없이 추락할 거다.

"흠…… 그렇군요."

"아마 다들 알 거야."

"그런데도 그를 밀어준다는 건가요?"

"송정한은 공정하게 두들겨 패겠다는 파 아닌가?"

그에 반해 한국도는 돈만 주면 모른 척할 인간이니 당연히 컨트롤하기 쉬울 수밖에 없다.

"확실히 한국도는 커트해야겠네요."

"그래, 내가 봐서는 그게 좋을 것 같아. 그런데 어떻게 하려고? 창당한다는 소리는 들었지만 솔직히 한두 명이 창당해 봐야 무슨 의미가 있나? 못해도 쉰 명 이상은 있어야 정당으로서 활동할 수 있네."

노형진은 그 말에 씩 하고 웃었다.

"그보다는 더 될 겁니다, 아마."

신당 창당?

"뭐라고?"

자유신민당 국회의원 도원수는 계약 해지 관련 내용증명을 보고는 기겁했다.

"아니, 지금 이거 뭐야? 우리랑 전쟁하자는 거야?"

나름 3선의 중진 의원인 도원수는 이 상황이 이해가 가지 않았다.

중앙에서는 힘을 못 쓰는 지방 의원이라곤 하나 그래도 지방에서는 힘 좀 쓰는 편이다. 그런 그에게 이런 선전포고나 마찬가지인 내용증명을 보냈다는 사실이 도원수는 기가 막혔다.

"새론 이거 미쳤군요."

"우리랑 싸우자 이거죠?"

도원수뿐만 아니라 여러 국회의원들이 몰려들어서 언성을 높이고 있었다.

새론과 미다스에서 보내온 투자 계약 해지 관련 내용증명.

그동안 그 투자를 통해 짭짤하게 수익을 내고 나날이 늘어나는 계좌 잔고를 보면서 흐뭇한 미소를 짓고 있던 도원수를 비롯한 국회의원들 입장에서는 어이가 없어도 너무 없었다.

"도대체 새론에서 갑자기 왜 이러는 거요?"

"우리를 적으로 돌리려고 하는 모양인데……!"

흥분을 감추지 못하는 사람들.

그들 중 일부가 예상이 간다는 듯 조용히 말했다.

"일종의 협박이죠."

"협박?"

"얼마 전에 언론에서 새론을 씹었잖습니까? 그놈들이 어떤 놈들인데 거기서 노리는 게 뭔지 모르겠습니까?"

"끄응, 그건 그렇겠지."

"그러니까 일종의 경고를 하는 겁니다. 내 말을 안 들으니까 너희에게 돈을 주지 못하겠다."

"지랄."

"돈 몇 푼에 장난하는 것도 아니고."

물론 아까운 돈이기는 하다.

하지만 애초에 투자한 돈이 그다지 많지 않았다. 처음부터 새론은 무한대로 돈을 받아 투자한 것도 아니었고, 1인당 제한이 있었다.

물론 그걸로 벌어들인 수익을 재투자하는 건 승인해서 적잖이 늘어난 사람도 있지만, 그래도 그들이 받아 챙기는 뇌물에 비하면 그다지 많은 돈은 아니었다.

"우리가 한번 혼쭐을 내 줘야 할 것 같군."

"그러게 말입니다. 가만히 놔뒀더니 슬슬 자기들이 상전인 줄 아는 모양인데……."

"하긴, 그 짓거리를 하니까 진보에도 그렇게 찍혀 버리지."

"이참에 한번 제대로 혼쭐을 내 줍시다. 솔직히 수익률도 나쁘지 않고."

그들의 머릿속에는 일단 한번 혼쭐을 내 주고 강제로 투자받게 하려는 계획이 둥둥 떠다녔다.

물론 계획안에는 원금 보장 내용을 넣어서 혹시 모를 만일의 사태에 대비하려는 생각도 있었다.

"하여간 투자 내역서가 온다고 했으니 뭐, 기다려 봅시다."

그들은 느긋하게 기다리면서 어떤 식으로 투자할 것인가에 대해 이런저런 이야기를 했다.

"의원님, 요청하신 투자 내역서가 도착했습니다."

"오, 그래?"

메일로 자세한 투자 내역서가 오자 도원수는 느긋하게 그걸 받아 들었다.

"확실히 미다스가 실력은 좋다니까."

다른 회사에 투자하면 플러스보다 마이너스가 많은 결과지를 받게 되는 게 요즘의 현실이다. 그런데 미다스에서 보내 주는 계획서는 대부분이 플러스였다.

"다만 마음에 안 드는 건 있군요."

"맞아요. 우리가 얻은 정보가 얼마나 많은데."

플러스라지만, 소문에 따르면 미다스는 수익률이 몇 배 단위인 데 비해 이들의 수익률은 그 정도는 아니다.

그렇기에 미다스가 고의적으로 큰 건에서 자신들을 배제한다는 느낌을 피할 수가 없었다.

"뭐, 이번에 혼 좀 나면 나아지겠지요."

도원수는 피식 웃으며 기록을 보다가 눈을 찡그렸다.

"마이너스?"

"마이너스가 있습니까?"

"천하의 미다스도 실패한 투자가 있군요. 하하하, 마이너스라니."

"원숭이도 나무에서 떨어질 때가 있다고 하지 않습니까?"

이제는 척지고 서로 다른 길을 갈 상황이라고 생각해서일까? 국회의원들은 빈정거리면서 미다스를 조롱했다.

하지만 다음 순간에 귀를 의심했다.

"진한약품…… 마이너스 98%……."

"진한? 어디서 들어 봤는데?"

바로 떠올리지 못한 누군가가 고개를 갸웃하는 그 순간, 들려온 목소리에 다들 깜짝 놀랐다.

"진한요? 거기 이번에 백신을 발표한 곳 아닙니까?"

"맞습니다. 그런데 거기가 마이너스라고요?"

"그럴 리가! 마이너스라니! 말도 안 되는 소리!"

상황을 모르는 일부 사람들이 진한약품이 마이너스 수익률이라고 하자 다들 발끈해서 소리를 질렀다.

그나마 경험이 있는 사람이 눈을 찡그리며 말했다.

"지금으로서는 마이너스일 겁니다."

"마이너스가 맞다고요?"

"진한약품은 아직 거래량이 없을 테니까요."

애초에 진한약품은 주식회사가 아닌 노형진이 가진 개인 회사다. 당연히 주식거래 같은 게 있을 리가 없다.

그나마도 극히 일부 외부에 나가 있는 지분 역시, 노형진이 회사를 인수해 연구 전문 회사로 바꾸면서 모조리 그에게 팔아 버렸다.

결과적으로 진한약품은 지난 몇 년간 단 한 번도 제대로 된 수익을 낸 적이 없다.

"물론 코렐09바이러스의 백신을 만들었다는 소리가 있지만 그게 상용화된 것은 아니지 않습니까?"

당연히 팔린 상품이 아니니 수익도 없고, 수익이 없으니 여전히 공식적으로 회사의 수익률은 바닥을 길 게 뻔한 일.

"당연히 지금으로서는 주식의 가치가 바닥이지요."

거래라도 된 적이 있다면 당연히 그 주식에 대해 값어치가 새로 계산되었을 거다.

하지만 단 한 번도 거래된 적도 없고 애초에 시장에도 없는 주식의 가치를 어떻게 판단한단 말인가?

"그러면 이 경우는 어떻게 되는 건가?"

도원수는 다급하게 물었다.

진한약품이라니.

물론 계약에 따라 투자는 미다스의 결정으로 이루어지게 되어 있었다. 그래서 진한약품에 투자했다는 걸 그는 모르고 있었다.

하지만 진짜 진한약품에 투자했다면, 무조건 주식은 쥐고 있어야 한다.

"계약의 종료가 확정되고 그 후에 해지가 결정된다면 그 시점을 기준으로 해서 투자금을 반환하면 됩니다."

"현시점으로?"

"네."

"그런데 진한약품은 마이너스라며?"

"마이너스이기는 하죠."

즉, 자신들은 그 과실을 단 하나도 빨아먹지 못하고 심각한 손해만 본다는 소리였다.

"아니, 그게 무슨 말입니까?"

"진한 주식이 얼마나 올랐…… 아니, 오를 건데."

"말도 안 되네. 나도 이야기 들었어. 다른 회사들은 아직 1차 실험도 끝내지 못했는데."

이제 3차를 신청하고 긴급 사용 승인까지 나오게 되면 당연히 주가는 미친 듯이 올라갈 수밖에 없다.

그런데 그걸 제대로 돈도 못 받고 넘겨야 한다고?

"절대 그럴 수 없어!"

국회의원들의 분위기는 아까와 완전히 달라졌다.

어떻게든 새론을 혼쭐내 주자는 분위기는 어느샌가 사라져 버리고, 도리어 그걸 어떻게 해서든 지켜야 한다는 절박함만이 가득했다.

"자네는 어떻게 생각하나? 이걸 쥐고 있으면 수익률이 얼마나 될 것 같나?"

그들의 시선이 향한 곳은 어떤 의원이었다.

그는 방역 쪽 담당 의원이었고, 그렇잖아도 백신 발표 이후에 긴급회의에 참석했다 돌아온 상황이었다.

"상상도 못 하겠지요 지금 회의에서도 비상이 걸렸으니까요. 어떻게 해서든 확보하라고요."

"확보가 힘든가?"

"힘들 겁니다."

전 세계에서 해당 백신을 구입하려고 할 텐데 그걸 팔 권한은 진한약품에 있다.

물론 진한약품은 한국의 회사다. 하지만 동시에 노형진, 아니 미다스의 회사다.

"설마……."

단순히 자기 말을 듣지 않으니까 위협하는 거라고 생각했던 사람들은 계약 해지에 관련된 내용증명을 물끄러미 바라보았다.

그제야 아차 싶었다.

최근 미다스가 과하게 손을 쓰지 않았을 뿐이지 그간 국회의원을 조져 버리던 실력을 생각하면 자신들이 이길 만한 상대가 아니라는 게 떠오른 것이다.

백신?

애초에 미다스가 한국에 백신 수출을 막기만 해도 사실상 한국은 파멸을 맞이할 게 뻔하다.

물론 한국이 다른 나라에 비해 훨씬 방역이 잘되고 있는 건 사실이다. 하지만 그렇다고 해서 백신이 필요 없는 건 아니다.

"우연은 아닌 것 같군."

우연? 그럴 리가 없다.

우연히 이런 일이 터지기에는 말도 안 되는 상황이다.

"창당이라고 했던가?"

"네?"

"내 송 의원과 잠깐 이야기해 보도록 하지."

"원하는 게 뭔가?"

도원수는 돌려 묻지 않았다. 시간도 없거니와, 이대로 가면 진짜 자신들은 개털이 되니까.

일단 진한약품의 지분도 지켜야 하는데 애초에 계약 자체가 일방의 요구로 해지하게 되어 있다.

저쪽은 그와 관련된 내용증명을 보냈고 그걸 막지 못하면 계약 해지는 막을 수 없다.

그래서 그는 송정한에게 아주 단도직입적으로 물었다.

그러자 그를 물끄러미 바라보던 송정한이 입을 열었다.

"도 의원님, 도 의원님은 우리나라 정치판의 가장 큰 문제가 뭐라고 생각합니까?"

"한두 개인가? 그런 걸 이야기하자고 내가 자네를 만나러 온 게 아니라는 것쯤은 알고 있을 텐데."

말을 돌리는 송정한의 태도에 도원수는 눈을 찡그렸다.

"원하는 것만 말하게. 장난치지 말고."

"장난이 아닙니다. 문제를 해결하기 위해서는 문제를 인식하는 것에서부터 시작해야 합니다."

"그거야······."

문제는 한두 개가 아니다.

사실 도원수도 국회의원으로서 온갖 더러운 꼴을 다 봤다. 자신도 깨끗한 정치를 하겠다는 생각으로 정치판에 왔지만 결국 타락한 정치인이 되지 않았던가?

그럴 수밖에 없는 게, 타락하지 않으면 한국에서 정치는 불가능하니까.

선거 한 번에 수십억을 태운다. 그리고 그걸 보전받을 방법이 없다.

깨끗하게 정치한다고 뇌물을 받지 않고 선거에 나서면 패배하고, 뇌물을 받으면 승리한다.

그런 한국 정치판에서 잘못된 걸 묻다니.

"설마 우리한테 요구하고 싶은 게 신당에 와 달라는 건가? 자네 미쳤나? 우리가 왜?"

"저는 그렇게 생각합니다. 우리나라 정치의 가장 큰 문제는 제3의 정당이 없다는 거죠."

"제3의 정당이 없다?"

"네. 사실상 대한민국은 양당제입니다."

노형진이 이 말을 꺼냈을 때 송정한도 납득할 수밖에 없었다.

사실 한국에서 정치를 조금이라도 해 본 사람이라면, 아니 한국의 정치판에 조금이라도 관심이 있는 사람이라면 다 아는 문제다.

한국이 양당제라는 것.

이게 무슨 소리냐면, 그들이 뭔 짓을 해도 결국 돌고 돌아서 같은 놈들이라는 거다.

이쪽 아니면 저쪽.

선택지가 두 개뿐이다 보니 국민들이 아무리 선택을 잘해도 사실상 그다지 바뀌는 게 없다.

실제로 정치판을 보면 그 두 개의 집단이 서로 협업해서 자신들의 이익을 챙기는 경우는 엄청나게 많다.

사람들이 개혁을 원하고 잘못된 걸 고치길 원한다 해도 두 당은 절대 하지 않는다.

물론 선거철에는 그걸 고치겠다고 떠들지만, 선거철이 끝나면 쥐 죽은 듯 조용히 사라진다.

"그래서? 세 번째 당이라도 만들고 싶은 건가?"

송정한의 말에 도원수는 시큰둥하게 반응했다.

"모두 다 그렇게 말했지. 하지만 결국 끝은 똑같았어."

"맞습니다. 한국에서 현실적으로 3당을 만드는 건 불가능하죠. 아직은 말입니다."

왜냐하면 한국의 모든 기득권은 새로운 권력을 극도로 경계하니까.

사실 제3당이 없었던 것은 아니다. 심지어 한때 제3당이 다수당을 차지한 적도 있었다.

하지만 그 당시에 언론과 검찰, 경찰, 법원 그리고 양쪽 정당까지 말 그대로 기득권의 총공세가 벌어졌었다.

그래서 해당 정당은 다음 선거에서 힘없이 쓰러졌다.

그 당시의 공격은 말 그대로 대한민국이 한 개의 당을 물어뜯을 목적으로만 움직였다고 봐도 과언이 아니다.

그도 그럴 게, 그동안 양당제로 운영되어 오던 상황에서 어느 쪽에도 선이 없는 제3당의 등장은 위험 그 이상이니까.

"자네가 뭔 수를 썼는지는 몰라. 어쨌든 언론이 입을 다물기는 했지. 그런데 말이야, 제3당 문제라고 하면 언론이 가만히 있을 것 같아? 천만에."

지금이야 약점이 잡혀서 조용히 있지만 그때는 절대로 가만히 있지 않을 거다.

왜냐하면 새로운 정당의 등장은 모든 기득권의 소멸을 의미하기 때문이다.

"그리고 그때는 검찰도, 법원도 우리를 공격하겠지."

검찰에서는 기소를 안 할 테고, 어찌어찌 기소를 한다 해도 법원에서는 무죄를 선고할 것이며, 언론은 자신들의 범죄에 대해 입도 뻥긋하지 않을 터다.

"미안하지만 진한약품의 수익을 가지고 제3당에 가입하라고 하는 거라면 기대하지 말게."

"아뇨, 기대하지 않습니다. 애초에 저도 제3당을 진짜로 만들 생각은 없고요."

"그러면?"

"내부 투쟁에서 승리하는 게 목적일 뿐입니다."

그 말을 들으면서 도원수는 눈을 찡그렸다.

그도 그럴 게, 그걸 다른 계파도 아니고 다른 당 소속인 자신에게 말하는 이유가 이해가 가지 않았기 때문이다.

"그래서, 뭘 원하는 건가?"

"쇼를 해 달라는 거죠."

"쇼?"

"기왕 저지를 거, 화려하게 저지르면 저쪽도 꼼짝 못 할 거 아닙니까? 지금 자유신민당도 저희랑 별반 다를 게 없을 텐데요?"

"크흠."

그 말에 도원수는 헛기침을 했다. 실제로 그랬으니까.

언론이 자유신민당과 친밀하기 때문에 외부적으로 드러나지 않고 있을 뿐이지, 당연히 벌써부터 당 내부에서 다음 대선에 나가기 위한 싸움이 치열하다.

이미 몇몇 계파는 돌이킬 수 없는 강을 건넜다.

"그리고 요즘 친홍안수 계파의 전횡이 심하다고 알고 있습니다만."

"……."

홍안수는 감옥에 갔고 쿠데타는 실패했다.

하지만 아이러니하게도 홍안수 계파는 살아남았다.

결정적인 순간에 홍안수와 손절을 한 것도 있지만, 홍안수가 권력을 잡고 당 내부에 뿌려 둔 씨앗이 상상 이상으로 강했기 때문이다.

좀 독하게 말하면, 홍안수 계파가 아니면 아예 공천조차 받을 수 없었다.

'크흠.'

실제로 지난 총선에서 홍안수 계파는 공천권을 쥐고 흔들었고, 홍안수가 감옥에 간 상황임에도 불구하고 엄청난 권력을 얻을 수 있었다.

결론적으로 홍안수는 감옥에 있지만 홍안수 계파는 현재 자유신민당 국회의원 좌석의 60% 이상을 차지하고 있다.

'그리고 도원수는 비홍안수 계파지.'

애초에 노형진은 홍안수 계파는 투자자로 받아들이지도 않았고, 받아들였다고 해도 홍안수 쪽으로 넘어간 순간 바로 계약을 해지해 왔다.

"최근에 홍안수를 석방해야 한다는 소리가 스멀스멀 나온다면서요?"

분명 한국은 국가 전복 시도에 관해 사형까지 언도되어 있다.

실제로 홍안수는 사형을 선고받았다. 단순 계획을 넘어서 군을 움직였으니까.

하지만 그럼에도 불구하고 홍안수를 감옥에서 꺼내야 한

다는 주장을 친홍안수파에서 계속 하는 상황이었다.

"이유를 모르시진 않을 텐데요? 지난번에도 홍안수 계파가 그런 방식으로 자리를 차지하지 않았습니까?"

"……."

지난 총선에서 홍안수 계파는 소위 텃밭이라고 하는 곳은 자기네 계파 인원으로 채워 넣고, 그렇지 않은 사람들은 경쟁이 치열한 험지로 밀어 넣었다.

결과적으로 홍안수 계파는 자리를 대부분 지켰지만 비주류인 비홍안수 계파는 국회의원의 자리를 빼앗겼다.

"이번에도 그 자리를 빼앗기실 생각입니까?"

"……."

"홍안수를 꺼내 준다, 국민들이 좋아할까요?"

그 말에 도원수는 눈을 찡그렸다.

좋아할 리가 없다. 국가 전복을 시도한 놈을 누가 좋아하겠는가?

"이대로 두면 도 의원님을 비롯해서 대부분의 비주류는 쫓겨날 겁니다."

"그래서 나보고 제3당을 만들라? 미안하지만 안 되겠네. 공천을 못 받으면 그날로 끝이지만 제3당을 만들면 내 노후는 교도소에서 보내야 해."

도원수 입장에서는 턱도 없는 소리였다.

"그러니까 제3당은 만들지 않을 겁니다, 만들 것처럼 움직이는 것뿐이지."

"뭐?"

"협상에서는 이쪽에서 내놓을 게 있어야 합니다. 그리고 저와 함께 협상하자는 거죠."

"협상만 하자?"

그 말에 도원수는 귀가 솔깃했다. 그도 그럴 게, 그건 나쁜 계획이 아니었으니까.

사실 그도 홍안수 계파가 마음에 드는 건 아니었다. 같은 당 소속이라고 해도 하나의 마음으로 하나의 목적을 향해 모두가 일사불란하게 움직이는 건 아니니까.

더군다나 상대방은 자기들을 몰아내려고 이미 작심한 상황.

"만일 도원수 씨를 비롯한 비주류가 나가서 신당에 참가하려고 한다면 어떤 일이 벌어지겠습니까?"

"그렇군. 홍안수파 내부에서 내분이 터지겠어."

물론 그들은 분명 비홍안수파를 몰아내려고 하고 있다. 하지만 그렇다고 해서 그들이 모두 그런 건 아니다.

"누군가는 험지로 가야 합니다."

그들은 비홍안수파를 소위 말하는 험지, 그러니까 경쟁이 심한 지역이나 불리한 지역에 밀어 넣고 자기들이 텃밭에 가려고 한다. 그런데 자신들이 모조리 나가면?

당연히 홍안수파에 험지로 가야 하는 인원이 생긴다.

그리고 그런 경우라면 당연히 내부에서 개싸움이 일어날

가능성이 크다.

"호오? 자세하게 말해 보게."

"현재 홍안수파 쪽은 공천권을 쥐고 장난치고 있죠. 그에 대해 위협이 된다면 이야기가 달라진다 이거죠."

공천 시에 비홍안수파는 당연히 자기들의 정당한 권리를 요구할 수 있게 된다. 그게 탈당하지 않는 조건이니까.

물론 나가게 놔둘 수도 있다. 하지만 그러면 어떻게 될까?

그들이 가장 싫어하는 상황, 그러니까 표가 갈리는 현상이 벌어진다.

그러면 불리해지는 건 홍안수파다.

왜냐? 홍안수 계파는 홍안수의 석방을 슬슬 언급하면서 실현하려고 수작질을 하고 있기 때문이다.

쿠데타를 두 눈으로 똑똑히 지켜보았던 국민들이 생각하는 보수의 정당한 후계자는 홍안수 계파가 아니라 비홍안수 계파일 거다.

자유신민당이 보수 정당의 대표이지만 그 이미지를 비홍안수 계파가 가지고 간다면 홍안수 계파는 도리어 불리해지고 아마 와해될 가능성이 커질 거다.

"물론 평소라면 불가능한 일일 겁니다."

정치를 하는 데에는 워낙 돈이 많이 드니까.

당연히 정당을 새로 만들면 돈도, 힘도 없어서 사실 홍보도 제대로 하기 힘들다.

제3당이 만들어지기 힘든 첫 번째 이유가 바로 그거다. 돈 문제.

자유신민당에 쌓아 둔 수천억의 비자금, 그걸 쓸 수가 없으니까.

"하지만 그 문제는 해결되죠."

이미 돈이 없는 게 아닌 상황이다. 즉, 창당하는 데 가장 큰 문제가 해결된 거다.

그리고 그걸 상대방은 알고 있다.

"어차피 진짜로 만들 것도 아니니까."

일단 돈을 써서 창당하려 한다는 행동만 보여 줘도 양쪽 당은 똥줄이 바짝바짝 탈 거다.

당장 민주수호당만 해도 그런 상황이니까.

"흠."

그 말에 도원수는 눈을 반짝거렸다.

그렇잖아도 그 문제는 비홍안수 계파에서도 해결책이 없어서 진짜 분당해야 하는 게 아니냐는 말까지 나오고 있던 차였다.

"그래서? 자세한 계획을 듣고 싶은데."

도원수는 눈을 반짝거렸다.

주식으로 돈을 확보하고 쇼를 통해 권력을 확보할 수 있다면 거부할 이유가 없었다.

"뭐?"

한국도는 권연암의 말에 자리에서 벌떡 일어났다.

"다른 놈들도 아닌 자유신민당 새끼들과 만나고 있다고?"

"주로 비홍안수 계파 놈들을 만나고 있답니다."

"비……홍안수 계파……."

한국도의 눈동자가 흔들렸다.

그도 정치판의 상황을 알고 있다.

홍안수 계파가 그들을 몰아내기 위해 공을 들였고, 그게 성공해서 비홍안수 계파가 코너에 몰려 있다는 것쯤은 알고 있었으니까.

그런데 송정한이 그런 놈들과 만난다?

"우리 쪽은?"

"그게 문제인 게, 비곽차수 계파 멤버들이 송정한에게 적극적으로 반응하는 모양입니다."

"이런 젠장."

비곽차수 계파는 숫자가 적지 않다.

그도 그럴 게, 곽차수가 당 대표라지만 그가 자기 사람 말고 다 쫓아낼 수 있는 상황은 아니니까.

홍안수 계파처럼 수작질을 부릴 시간이나 틈도 없었다.

"물론 대부분은 빠져나갈 생각이 없다지만."

다른 국회의원들을 만나는 거야 문제 될 게 없다. 창당을 할 때 당연히 해야 하는 일이니까.

물론 대부분의 경우 신당으로 가지 않는다.

"보통은 말이지."

하지만 상대방이 안 좋았다.

송정한? 사실 송정한이야 무섭지 않다.

문제는 그 뒤에 있는 노형진이다.

그건 누구나 다 아는 사실이니, 그 이름만으로도 충분히 신당에는 메리트가 있다.

한국도도 그걸 알고 있는데 다른 의원들이 모를까?

더군다나 소수이지만 이미 송정한에게는 계파가 있다. 송정한이 나가면 당연히 그들도 나간다.

"생각보다 큰 정당이 될 가능성이 높아지겠군."

"그래 봤자 결국 신당입니다."

"방심하면 안 돼. 과거에 신당이 급성장한 경우가 없지는 않으니까."

한국도는 입술을 깨물었다.

하지만 그렇다고 해서 그걸 막을 수는 없다.

일단 자기들이 빠져나갈 가능성이 높은 사람들을 설득하려고 하는 행동만 보여도 그만큼 그들에게 이권을 챙겨 줘야 한다.

협상에서 중요한 건 이쪽이 갑의 위치에 있다는 걸 보여 주는 건데, 이쪽에서 먼저 협상을 건다는 것 자체가 자신들이 을이라는 걸 증명하는 거다.

"어쩔 수 없지. 일단 곽차수 의원님에게 말해 두고 지켜보는 수밖에."

"그러면 송정한은 어떻게 하실 겁니까?"

"검찰을 압박해. 뭐라도 찾아내서 털어 내라고."

"알겠습니다."

"저쪽에서 전면적으로 나온다면 우리도 대응해야지."

한국도는 자신이 질 거라고는 꿈에도 생각하지 못했다.

⚖

"일단 저쪽은 똥줄이 탈 겁니다."

"그러겠지. 내가 자기 영역을 건드릴 거라고는 생각도 못 했을 테니까."

노형진이 아무리 비홍안수 계파라지만 자유신민당 쪽 사람들을 만나라고 한 것은 단순히 국회의원의 숫자를 늘리기 위해서가 아니었다.

한국도의 가장 큰 이점은 뭐냐? 바로 진보와 보수를 가리지 않고 두루두루 친해서 탕평책을 잘 펼친다는 외부적인 모습이다.

그게 대선에서 유리한 모습을 보이고 있고 말이다.

"하지만 내가 자유신민당을 데리고 온다고 하면 나 역시 그런 이미지가 생기는 거지."

단순히 친한 걸 넘어서 같이 힘을 합해 새로운 정당을 만들 정도로 서로 소통한다? 자연스럽게 기존의 한국도의 이미지는 송정한에게 넘어갈 수밖에 없다.

"물론 그걸 한국도 측과 곽차수는 어떻게 해서든 막으려고 할 테고요."

"그게 문제인데…… 아무래도 검찰을 움직이겠지."

"네. 뭐, 사소한 거라도 하나 엮어서 물고 늘어지려고 하겠지요."

"상대하기 까다롭겠구먼."

송정한은 그렇게 말하면서도 웃고 있었다.

그도 그럴 게, 노형진이 그런 걸 모르고 창당을 입에 담지는 않았을 테니까.

"솔직히 말해서 법원이나 검찰에서 죄를 만들려고 하면 조작이야 어렵지 않으니까 위험하기는 하죠."

적당히 엮어서 당선 무효형이라도 내려 버리면 제3의 정당이고 뭐고 그냥 나가리 되는 거니까.

"그래서 자네 생각은 어떤가? 어떻게 방어할 생각인가?"

"방어요?"

노형진은 그 말에 피식하고 웃었다.

이 상황에서 방어한다고 하는 건 가장 멍청한 짓이다.

"이런 건 이미 방어하려 드는 시점에서 우리가 지는 겁니다."

"어째서?"

"언론에서 입을 다문다고 해서 저들이 헛소문을 퍼트리지 않을 리가 없거든요."

언론이 아니더라도 온갖 가짜 뉴스를 퍼트릴 수 있는 수단이 없는 건 아니다.

유튜브나 톡이나 문자, 블로그 등.

"한국도는 그쪽으로 천재라면서요?"

"그렇지."

"그럼 아마도 별도의 조직이 따로 있을 겁니다."

네거티브를 언론을 통해서만 한다면 한국도가 이런 행동의 천재라는 소리까지는 못 들었을 거다.

"그러니까 아예 이슈가 터지기 전에 묻어 버리는 것이 목적이죠."

"아예 이슈를 만들어 버리지 못하게 하겠다?"

"네."

"하지만 그게 가능하겠나? 상대방은 검찰이야. 검찰을 대상으로 무슨 짓을 하려고? 부패를 고발하려고? 그건 턱도 없을 것 같은데."

터트려 봐야 언론에서는 보도도 안 할 테니까.

"아, 협박할 겁니다."

"누굴?"

"대한민국을요."

노형진은 씩 웃으며 미리 준비된 서류를 송정한에게 건넸다.

그걸 받아 든 송정한은 깜짝 놀랐다.

"뭐? 자네 진짜로 이럴 건가?"

"이렇게 될 수도 있고 안 될 수도 있죠."

"미친……."

"하지만 중요한 건, 이 모든 상황을 봤을 때 언론에서 이걸 보도 안 할 수가 없다는 거죠."

"그거야…… 그런데……."

누구도 생각하지 못할 뉴스.

그걸 보면서 송정한은 아무런 말도 할 수 없었다.

⚖️

다음 날, 대한민국에서는 생각지도 못한 지라시가 돌았다.

지라시는 대부분 가짜이긴 하지만 그렇다고 해서 무시할 수 있는 건 아니었다.

그도 그럴 게, 해당 지라시가 돌기 시작하면서 주가가 대폭락하기 시작했기 때문이다.

"뭐야? 장난해? 지금 이게 사실이냐?"

한도투자는 떨어지는 폭락장에 정신을 차릴 수가 없었다.

오전에만 손실금이 3천억이 넘는다.

"모르겠습니다. 지금 확인 중입니다만…… 이게 사실이라면 심각한 문제입니다."

그도 그럴 게, 지라시는 진짜 상상도 못 한 일을 언급하고 있었으니까.

대한민국 백신 지원 순위 4순위

4순위라는 건 전 세계에서 백신을 네 번째로 지원받는다는 뜻이 아니다. 그룹으로 분류했을 때의 지원 수준이 4위 등급이라는 거다.

그리고 지라시에 따르면 진한약품에서 공개한 순위는 총 4위다.

즉, 대한민국은 백신이 나와도 지원 순위가 최후순위라는 거다.

1순위는 미국과 백신 생산국, 2순위는 유럽 일대, 3순위는 일반 교류국 및 아프리카, 그리고 마지막으로 4순위가 중국과 한국 그리고 브라질 등이었다.

그러니까 전 세계에서 꼴찌라는 건데, 상식적으로 백신 개발 회사가 한국의 진한약품이라는 점을 생각하면 터무니없는 이야기였다.

"말이 되느냐고!"

당연히 일이 잘못되었다는 사실을 알아차린 투자자들은

팔자를 외치기 시작했고 주가는 쫙쫙 떨어지고 있었다.

"진한약품에서는 뭐래? 응? 진짜로 이런 건 빨리 부정해야 할 거 아니야?"

한도투자의 애널리스트들은 똥줄이 바짝 타는 느낌이었다.

애널리스트는 투자 분석가다. 일부에서는 애널이라는 단어 때문에 항문과 관련된 직업 아니냐는 더러운 농담을 하기도 하는데, 지금 이 순간은 똥줄이 얼마나 타는지 '이래서 애널리스트인가?'라는 생각이 들 정도였다.

"평범한 지라시지? 상식적으로 그렇잖아. 자국 우선주의가 일반적인데 해외 우선주의라니."

심지어 다른 곳도 아닌 아프리카보다도 순위에서 밀린단다.

"뭔가 잘못되었을 거야."

당연히 그들은 그렇게 믿었다.

"TV 틀어! TV!"

그 순간 누군가 들어오면서 소리를 버럭 질렀다.

"진한에서 기자회견 한대!"

"진짜?"

다급하게 TV를 틀자 한 외국인이 서 있는 것이 보였다.

─저는 진한약품의 대변인 나카무라 신이치라고 합니다. 이번 백신과 관련해서 정식 발표를 하려고 이 자리를 마련했습니다.

이것이 삶이다

사실 진한에서 만든 백신에 대한 소문이 돌고 미국에서 뉴스가 터지긴 했지만 아직 정식으로 발표가 된 건 아니다.

당연히 정식으로 발표할 때가 올 거라고 생각했는데, 그걸 감안하더라도 이건 참으로 시기가 공교로웠다.

-일단 진한에서 만든 코델09바이러스 백신에 대한 2차 실험 결과입니다. 현재 2차 실험 결과 코델09바이러스의 감염을 98.8% 이상 막을 수 있으며……

차분하게 나오는 연구 기록.

그걸 들으면서 모두들 눈동자가 흔들렸다. 소문대로 엄청난 효과를 발휘한다고 하니까.

-그러면 그걸 맞으면 코델09바이러스에서 완전하게 안전해집니까?

-그건 아닙니다. 아시겠지만 코델09바이러스는 변이가 심합니다. 벌써 두 종의 변이가 발견되었습니다. 현재 실험 중입니다만, 일단 두 종의 변이에 대해서는 백신의 방어 효과가 약화되는 것이 확인되었습니다.

-약화된다고요?

-그렇습니다. 코델09바이러스는 주로 감염 성능이 강화되는 방향으로 변이하고 있습니다. 현재는 어느 정도 방어가 가능하지만 추후 새로운 변이가 나오는 경우 해당 변이에 대해서는 조사해야 합니다.

－그러면 코델09바이러스를 영구적으로 막을 수는 없다는 소리인가요?

－현재로서는 그렇습니다. 원래 백신이라는 것은 시간이 지날수록 효과가 약해지는 경향이 있습니다. 애석하게도 현재 기술로는 변이를 예측하고 막을 수 있는 백신을 개발하는 게 불가능합니다.

사실 이건 어느 정도 알려진 정보들이다. 하지만 그것만으로도 지금 전 세계는 난리가 난 상황이었다.

이미 한국으로 전 세계의 시선이 쏠렸고 동시에 우선권을 얻기 위해 노력하는 중이었다.

미국에서 긴급 사용 승인을 신청했다는데, 통과될 가능성이 아주 높으니까.

당연히 다른 나라에서도 미국을 따라 사용 승인을 해 줄 가능성이 높다.

－현재 코델09바이러스 백신의 변이를 추적하기 위해 저희 연구진은 최선을 다하고 있습니다.

대변인의 말은 계속되었다.

그 와중에 기자 중 한 명이 손을 번쩍 들었다.

－이번에 이상한 소문이 돌던데요?

–이상한 소문이라니요?

–네. 이미 진한약품에서는 공급 우선순위를 정해서 그에 따라 공급량을 조절할 거라는 이야기가 있습니다.

–그래서요?

–그런데 한국이 최하위라고 하던데 왜 그런 겁니까? 헛소문입니까?

기자는 그렇게 묻고는 침을 꼴깍 삼켰다.

사실 기자도 질문하면서도 당연히 아니라는 답변이 돌아올 줄 알았다.

그런데 도리어 대변인이 질문을 던졌다.

–혹시 그 순위에 대해 아십니까? 저희는 잘 몰라서요.

–사실 무근이라는 말씀입니까?

–그게 아니라, 그 순번에 대해 묻고 있습니다. 어떤 나라가 어떤 순위에 있는지 말입니다.

그 말에 순간 기자들 사이에 침묵이 흘렀다.

대변인은 '아닙니다.'라고 부정하는 것이 아니라 그 순번에 대해 아느냐고 물어봤다.

만일 그렇게 순위를 정한 적이 없다면 '그런 계획은 없습니다.'라는 답변이 나왔어야 했다.

－혹시 순번을 말해 줄 수 있습니까? 처음 듣는 소리라서요.

－아…… 그러니까…….

기자는 떠듬떠듬 자신이 알고 있는 지라시의 정보를 이야기했다.

그 말을 들은 대변인은 잠깐 고민하더니 고개를 끄덕거렸다.

－그 순번 맞습니다.

－네?

－그 순번이 맞다니요? 잠깐, 진짜로 순번을 정했다고요?

－기자분은 전쟁터에서 치료하는 절차에 대해 아십니까?

－모릅니다만.

－1순위는 중상이지만 살아남을 수 있는 자, 2순위는 경상에 살아남을 수 있는 자, 3순위는 특별한 치료 없어도 살아남을 수 있는 자, 4순위는 생존 가능성이 낮은 자입니다.

그런 순번을 정하는 이유는 간단하다.

인원은 한정되어 있고 모두를 구할 수는 없다.

생존 가능성이 낮은 한 명에게 들어갈 자원이면 중상인 사람 서너 명은 살릴 수 있고 경상자 열 명은 구할 수 있다.

이것이 빙이다

－그게 이번 사건과 무슨 관계가 있습니까?

그 비유가 이해가 되지 않았던 기자들은 재차 물었다. 그러자 대변인은 차갑게 말했다.

－한국은, 음…… 살 의지가 없는 경상자 같은 존재입니다.
－살 의지가 없는 경상자?
－네. 안 그런가요? 한국의 방역은 세계 제일입니다. 그건 부정할 수 없는 사실이죠. 다른 나라들이 수만 단위 사망자를 내는 데에 반해 한국의 확진자는 그들의 1천분의 1도 안 됩니다.
－그런데요?
－그런데 방역하면 안 된다고 소리를 지르고 있죠. 얼마 전에도 방역에 대해 법원에서 금지를 걸었던데요?
－그건…….

실제로 그건 있었던 일이다.
특정 종교 단체에서 방역하는 게 종교적 탄압이라면서 걸고넘어졌고, 법원에서는 종교 탄압이 맞다면서 종교 시설의 방역을 금지해 버렸다.
상식적으로 코델09바이러스로 인해 도시를 아예 봉쇄하고 누구도 밖으로 나오지 못하게 하고 있는 나라가 천지인 상황에서 도리어 법원에서 방역을 막는 나라에 어떤 식으로 백신을 지원해야 할까?

　─중국은 공식적으로 코델09바이러스의 환자가 없습니다. 완벽한
방역으로 코델09바이러스를 박멸하는 데 성공했지요. 브라질은 코
델09바이러스의 방역이 필요하지 않다는 게 공식 입장입니다. 한국
역시 방역이 필요 없다고 여기며 동시에 방역을 법적으로 막고 있는
상황이지요.

　─아니, 그건 일부⋯⋯.

　─일부요? 글쎄요. 법원의 판단은 절대적이고 그걸 이길 수는 없
습니다. 저희는 자살 희망자에게 백신을 줄 수는 없습니다. 살고자
하는 사람들이 한두 명이 아니니까.

　─그 말뜻은⋯⋯?

　─한국의 백신 지원 순위는 4위가 맞다는 겁니다.

　그 말에 뉴스를 보고 있던 애널리스트들은 자리에 주저앉
았다.

　그리고 그들의 뒤에서 모든 창이 순식간에 파란색으로 변
하면서 주식이 폭락하기 시작했다.

누군가의 미움은 누군가의 애정

　-한국이 자살률로 세계 1위라지?

　-와, 멋진 나라다. 자살률로 세계 1위도 부족해서 이제 법원 차원
에서 자살을 하는구나.

　-그래도 진한약품도 너무한 듯. 한국 기업인데.

　-틀린 말을 한 건 아니잖아. 자살 희망자한테 약 주면 뭐 하나?
살려 놔 봐야 결과는 자살인데.

　사람들은 진한약품의 기자회견을 보면서 분노했다.

　그들 입장에서는 당연하다.

　진한약품 입장에서는 효율성을 문제 삼아 백신 후순위로
배정했다지만, 한국인 입장에서는 정작 그걸 개발한 진한약품에 차별당한다는 느낌을 받을 수밖에 없으니까.

"너무 위험한 거 아닌가?"

그 상황을 지켜보며 송정한은 혀를 끌끌 찼다.

"하나도 안 위험합니다. 어차피 독점인데요, 뭘."

물론 지금은 국민들 대다수가 분노할 거다. 하지만 그렇다고 해서 그들이 백신을 거부할 수는 없다.

"하지만 그러다가 불매운동이라도 하면 어쩌려고?"

"상관없죠. 자기 목숨을 걸고 장난치겠다는데. 누차 말씀드리지만 설사 백신이 나온다고 해도 수량이 부족하면 모를까, 충분하지는 않습니다."

물론 한국 내수용만 본다면 충분하다고 할 수 있다.

사실 백신이 나온 후에도 부스터샷을 맞아야 한다는 말에, 일부에서는 백신 기업들의 수익을 위해 그러는 거라는 헛소문을 내기도 했을 정도다.

하지만 현실적으로 전 세계의 인구 대부분이 백신을 맞지 못하는 상황에서 부스터샷은 백신 기업의 수익 문제보다는 백신의 빈익빈 부익부 현상이 더 문제였다.

미국에서는 부스터샷을 공짜로 놔 줘도 되지만 빈국은 1차 접종도 못 하는 게 현실이니까.

"불매운동이라는 것도 대체재가 있어야 가능합니다. 하지만 아무리 노력해도 지금 당장 대체 백신을 만드는 건 불가능하죠."

이것이법이다

물론 시간이 지나면 대체할 백신이 나올 가능성이 크다.

하지만 그걸 맞는다고 해서 갑자기 낫는 것도 아닐 거고, 그게 진한의 백신보다 훨씬 뛰어난 것도 아닐 것이며, 가격이 훨씬 싼 것도 아닐 터였다.

"시장은 독점이라고 하면 뭔 짓을 한다고 해도 결국 돌아오게 되어 있습니다. 하물며 자기 목숨이 걸려 있다면 더더욱 그렇지요."

"그건 알지만……."

그동안 노형진이 선량한 기업을 만들기 위해 노력해 온 것은 송정한도 알고 있는 사실이다.

그리고 실제로 그러한 노력 덕분에 선량한 기업으로 분류되는 대룡은 크게 성공했다.

그런데 갑자기 이런 악독한 포지션이라니.

"진짜로 독점 하나만 믿고 그러는 건가?"

"아니요. 그건 아닙니다. 사실 이건 분노를 다른 쪽으로 돌리기 위한 하나의 과정일 뿐이지요."

"과정?"

"네. 진한약품은 한국 기업이지만 어차피 한국에서 큰 이득은 없습니다. 이제 진한약품은 본사가 한국에 있을 뿐, 사실상 글로벌 제약 기업입니다."

"그건 그렇지."

대부분의 공장은 해외의 빈국에 위치하고 있고 본사에서

나오는 수익은 극히 일부다.

　실제로 한국에서 진한약품의 수익은 극히 일부 복제약에서 나오는 정도다.

　"더군다나 장기적으로 보면 어마어마한 수익으로 더더욱 글로벌 기업이 될 가능성이 크죠."

　"그래서 더 욕먹는 거 아닌가?"

　"물론 그럴 수도 있습니다. 하지만 오래가지는 못할 겁니다."

　"어째서?"

　"언론에서 입을 다물 테니까요."

　그 말에 송정한은 고개를 갸웃했다.

　그렇잖아도 언론에서는 노형진과 새론 그리고 송정한을 못 죽여서 안달이다.

　비록 청계에 약점이 잡혀서 입을 다물었다지만 아예 공격을 포기한 것은 아닐 거다.

　"그런데 그놈들이 입을 다물 거라고?"

　"네. 그럴 수밖에 없습니다."

　"어째서 말인가?"

　"이 계획에서 공격 대상은 진한이 아니라 한국의 사법 시스템이니까요."

　"한국의 사법 시스템?"

　"네. 한국의 법원에서는 방역을 멈추게 했죠. 종교와 집회의 자유라는 이름하에요."

그리고 그로 인해 전국에 빠르게 코델09바이러스가 퍼지게 된다.

물론 노형진도 그런 걸 지켜야 한다고는 생각한다.

하지만 재판부에서 종교와 집회의 자유를 승인한 이유는 그게 진짜로 자유와 연관된 중요한 권리여서가 아니라 수익과 관련된 자신들의 이득에 문제가 생겼기 때문이다.

"종교 단체들은 사실 모임을 정지하면 돈이 모이지 않습니다. 그러다 보니 어떻게 해서든 모임을 가지려고 하지요."

"하긴, 기억하네. 한국 종교의 특징이 세뇌 방식이었지?"

"네, 맞습니다. 기억하시네요?"

"충격적인 사건이었으니까. 비록 내가 지금은 변호사가 아니라지만 그래도 그런 사건에 대해서는 알아 두려고 한다네."

노형진이 외부의 세뇌 전문가를 데리고 와서 일부 사이비 종교 단체에 속해 있던 세뇌된 사람들에게 반세뇌 작업을 한 것은 널리 알려진 사항이었다.

그리고 그 과정에서 의외로 상당수 종교 단체에서 그런 세뇌 방식의 포교를 통해 자신들의 세력을 늘려 왔다는 것도 제법 크게 알려져 있었다.

물론 그 시기가 지나자마자 언론에서는 입을 꾸욱 다물고 있고, 여전히 많은 곳에서 그런 방식의 세뇌가 이루어지고 있다.

"그러다 보니 대면하는 상황이 줄어들수록 수익은 줄고 세뇌도 풀려 버릴 가능성이 큽니다."

그래서 종교 단체는 대부분 무조건 대면을 요구한다.

"애초에 신이라는 존재가 특정 장소에 있다는 건 말이 안 되죠."

신은 모든 곳에 있다고 한다. 가정에도, 회사에도, 길에도.

신심이 깊은 신도라면 그곳이 어디라도 기도를 통해 신께 감사할 수 있다.

"그런데 그게 이번 일과 무슨 관계가 있다는 건가?"

"쉽게 말해서 법원에서 특정 집단의 편의를 봐줬다는 거죠."

집에서 기도한다고 해서 그 신이 떠나는 것은 아니다. 십일조로 내놓을 돈을 코델09바이러스로 힘들어진 보육원에 준다고 해서 신이 싫어하는 건 아니다.

"코델09바이러스로 고통받는 건 모두입니다. 일부가 아니라요."

하지만 일부의 수익과 미래를 위해 그들에게만 특혜를 준다?

당연하게도 그 분노가 머리 꼭대기까지 올라갈 수밖에 없다.

"그리고 그건 터져 나갈 곳을 찾기 시작하죠."

"설마 터져 나갈 곳이 바로 법률계라 이건가?"

"맞습니다."

송정한의 말에 노형진은 고개를 끄덕거렸다.

노형진이 법원의 판결을 문제 삼은 이유는 간단하다. 방역을 방해하지 말라는 일종의 경고다.

　　"그런데 그런다고 해서 법원이 꿈쩍이나 할까? 자네가 법원을 모르지는 않지 않나?"

　　송정한은 묘한 표정으로 말했다.

　　"판사들은 스스로가 신이라고 생각한다네. 그러니 아래에서 뭐라고 해도 들은 척도 하지 않아. 그들이 바라보는 건 아래 국민들이 아니라 위의 다른 신들, 그러니까 자신들에게 권력을 줄 수 있는 사람들뿐이야."

　　"압니다."

　　판사의 신분은 보장된다. 당연히 아래에서 뭐라고 해도 그들의 신분에 영향을 끼치지 못한다.

　　실제로 과거의 많은 사건들을 보면 국민을 납치해서 고문한 경우나 간첩 사건으로 조작해서 지탄받았던 판검사들이, 국민들의 분노와는 상관없이 영전해서 대한민국을 지배하는 권력가가 되는 경우는 많았다.

　　"뭐, 사실 이런다고 해서 대한민국 법원이 바뀔 거라고는 생각도 하지 않습니다."

　　판검사들은 스스로가 신이라고 생각한다.

　　실제로 물리법칙조차도 자신들을 따라야 한다고 생각하는 게 그들이다.

　　자살자가 자살을 시도하기 위해 도로에 뛰어들었을 때 물리적으로 대형 트럭이 멈출 수 있는 상황이 아님에도 불구하고 검찰은 그를 기소했고 법원은 처벌을 내렸다.

이 경우 피해자는 자살자가 아니라 운전자였지만, 판검사 입장에서는 그런 것보다는 자신들의 권위가 더 중요했던 거다.

"사실 애초에 바뀔 거라 기대하기도 힘들고요."

"그런데 왜?"

"욕을 다른 곳으로 돌리면서 송 의원님을 띄워야 하니까요. 사실 판검사요? 그들은 희생양이라고 할 수 있습니다. 뭐, 희생양치고는 딱히 희생이랄 게 없겠지만."

"아!"

아마 이번 사건으로 인해 판검사는 욕을 오질나게 먹게 될 것이다.

물론 그런다고 해서 그들이 바뀌리라 기대할 수 없다.

여전히 그들은 이권을 위해서라면 국민들을 개돼지처럼 갈아 넣을 수 있으니까.

"하지만 이렇게 함으로써 국민들의 분노를 더 키울 수 있지요. 그리고 대타협이 이루어진다면 어떻겠습니까?"

"그걸 내가 진행하고?"

"맞습니다."

그렇게 된다면 사람들은 송정한에 대해 아주 좋은 기억을 가지게 될 가능성이 크다.

"제가 굳이 비싼 돈을 줘 가면서 일본인을 대변인으로 쓴 이유가 뭐겠습니까?"

바로 국민들이 더 분노하기를 원해서이다.

물론 진한약품은 한국 기업이다. 하지만 대변인으로 일본인이 나온다면?

아마 사람들은 진한약품이 일본으로 넘어갔다고 생각할 가능성이 크다.

실제로 진한약품의 지분은 대부분 해외에 있으니 한국에서 추적하는 것은 불가능하다.

노형진이 직접적으로 산 게 아니니까.

"그런데 이게 우리와 무슨 관계가 있는지 모르겠군."

진한약품과의 협조를 통해 한국의 우선순위를 끌어올리는 게 계획이라는 건 알 수 있었다.

하지만 그것만으로는 아주 큰 이득을 보기 힘들다는 게 송정한의 생각이었다.

"뭐, 이제 슬슬 반응이 올 겁니다."

"뭔데?"

"아, 올라오네요. 한번 보시죠."

노형진은 슬쩍 인터넷을 확인하더니 한글로 번역된 일본의 인터넷 뉴스 창을 바라보았다.

-조센징 근성 어디 안 가지?
-조센징은 노예근성이 심해서 서로를 안 잡아먹으면 못 버틴다.

—조센징들 이참에 다 뒈졌으면.

—역시 진한은 우리 대일본국의 기업이었어. 캬.

"뭐 하는 거야, 이거?"

노형진은 씩 웃으며 말했다.

"일본 극우 세력이 아무리 몰락했다고 해도 여전히 주류라
는 것은 부정할 수 없는 사실이죠."

수십 년간 이어 온 극우의 세뇌가 그렇게 쉽게 풀릴 리가
없다.

일왕이 종교적 권위로 상황을 풀어 가려고 하고 있으나 헌
법상 일왕은 정치적으로 아무런 권한도 없다. 당연히 개혁에
한계가 있을 수밖에 없다.

더군다나 진한약품의 자세한 내부 사정을 모르는 일본의
국민들 입장에서는 대변인으로 일본인을 썼다는 것 자체가
진한약품이 일본으로 넘어왔다는 하나의 증거로 보일 가능
성이 크다.

"법원에 대한 증오, 일본에 대한 분노, 그리고 언론에 대
한 분노가 아마 사람들을 움직이게 할 겁니다."

실제로 언론계에도 한국은 방역도 경제도 다 망했다면서
일본을 본받아야 한다는 소리를 찍찍 해 대는 기자들로 넘쳐
난다.

"그놈들이야 기자라고 하기에도 부끄러운 놈들 아닌가?"

이것이법이다

"네. 하지만 문제는, 그럼에도 불구하고 그들은 기자라는 거죠."

그리고 그들은 그런 식으로 여론을 선동하고 있다.

"이이제이라고 하죠."

"이이제이라……."

송정한은 그제야 노형진의 계획이 뭔지 알 것 같았다.

당장 신당 창당의 당위성이나 지명도가 엄청나게 부족한 건 사실이다.

그리고 지금 노형진이 언급한 세력들.

법원과 검찰 그리고 일본의 극우 세력과 한국의 언론.

이 모든 집단은 신당을 창당할 경우 싸우게 될 가상의 적이다.

"허, 그러니까 자네는 이들에 대한 분노를 우리한테 쏠리게 한다 이건가?"

"정확하게는 호감으로 바꿔서 쏠리게 하려는 거죠."

지금 국민들은 분노하고 있다.

멍청한 법원 때문에 나라가 병신이 되어 가는 느낌이 들 테니 당연히 자기 목숨까지 위협받는다고 생각할 거다.

"법원에서야 당연히 이런 발표를 하든 말든 신경도 쓰지 않습니다. 하지만 마찬가지로 국민들의 마음을 돌릴 수도 없죠."

도리어 그런 상황에서 법원이 기존처럼 방역을 무력화하는 판결을 할수록 국민들은 더 크게 분노할 거다.

"그리고 그들과 싸우는 대상에 대해서는 호감을 품게 되겠지요."

"그게 나라는 거군."

"맞습니다."

송정한이 치열하게 싸울수록 그들의 목적과 다르게 점점 더 이름을 알리게 될 거다.

"대응 전략이 참······."

송정한은 기분이 묘해졌다.

그동안 취해 온 일반적인 대응 전략은 상대방의 공격을 방어하는 형태였다. 그런데 그걸 이용해서 이쪽의 집결력을 강화한다니.

"더군다나 일본이라면 이야기는 달라지거든요."

한국 사람들은 태생적으로 일본인을 좋아할 수가 없다. 그런데 일본에서는 지금 한국을 자살 공화국이라면서 놀리고 있는 상황이다.

하긴, 자살률이 세계 1위인 것도 어이가 없는데 국가 차원에서 질병을 퍼트리려고 하는 권력층이 이해가 될 리 없겠지.

'뭐, 일본 입장에서 뭐라고 할 말은 아니지만.'

일본은 여전히 거짓말을 하고 있다.

쿠데타 이후 일본 극우 세력의 힘이 더 빠진 건 사실이지만 그렇다고 해서 그들이 완벽하게 해체된 건 아니었다.

도리어 어떤 부분에서는 더더욱 극단적으로 행동하고 있

었다.

자신들의 권력을 되찾기 위해 말이다.

⚖️

한편 노형진의 계획을 모르는 검찰은 송정한을 엮기 위해 이리저리 파 보고 있었다.

하지만 아무리 파도 파도 나오는 게 없었다.

"아니, 씨팔. 어떻게 된 새끼가 털어도 먼지 한 톨 나오질 않지?"

"당연히 뇌물을 받았을 거라 생각했는데 뇌물은커녕 정치도 자기 돈으로 하고 있는데요?"

"미친 새끼. 돈이 썩어 나네, 진짜."

다른 사람이라면 턱도 없는 일이겠지만 송정한은 가능하다. 그는 이미 새론의 창립자로서 엄청난 돈이 있으니까.

더군다나 미다스가 매년 어마어마한 수익을 내 주고 있기 때문에 어설프게 돈을 받아 챙길 이유가 전혀 없었다.

"이러면 곤란한데."

뭐라도 털어야 한다. 그것도 아주 큰 걸로.

작은 것은 털어 봤자 언론의 힘을 빌리기가 힘들다.

이미 언론은 새론의 힘에 굴복해서 입을 꾸욱 다물고 있는 상황.

그런 상황에서 작은 걸 크게 부풀려 달라고 해 봐야 바뀌는 건 없다.

"이건 어때요? 딸이 명품을 상당히 구입한 것 같은데."

카드 내역을 흔들면서 말하는 다른 검사.

하지만 그 말에 송정한 사건을 담당하는 조양태는 고개를 흔들었다.

"말이 되는 소리를 해라. 그게 먹히겠냐? 쌍팔년도도 아니고."

과거에는 빈부 격차 문제로 그런 고가의 명품을 사는 게 눈치가 보이던 시절이 있었다.

하지만 지금은 그런 시절이 아니다.

물론 여전히 대놓고 돈지랄을 할 수는 없지만, 그래도 자기 돈으로 명품을 산다는데 뭐라고 할 수는 없다.

"자식들 중에 뭐 다른 없어?"

이미 이들은 송정한을 잡기 위해 가족들의 신상부터 수익까지 모조리 다 털어 낸 상황.

"없네요. 뭐 이렇게 무식하게 깨끗한 놈이 있지?"

"돈이 없다면 모를까, 돈이 넘친다면 딱히 더러워질 이유도 없기는 하지."

정치인들이 타락하는 이유는 대부분 돈이다.

돈을 더 벌고, 그 돈으로 선거에 나가서 더 높은 곳으로 가고, 그래서 돈을 더 벌고 싶으니까.

"하지만 권력이라는 것도 있지 않습니까?"

"권력은 돈을 따라오는 부산물 같은 거야. 돈을 어설프게 쥐고 있으면 권력 앞에 빌빌 기어야 하지만, 돈이 충분하면 그럴 이유가 없지."

물론 돈과 권력은 상대적인 거다. 돈이 많을수록 권력도 더 강해지니까.

예를 들어서 재벌가 회장쯤 되면 국회의원이라고 해도 찍소리 못 한다. 4선쯤 되면 그래도 비벼 볼 만하지만 말이다.

반대로 대통령이라고 하면 재벌가 회장이라고 해도 섣불리 비비지 못한다.

"마치 가위바위보 같은 거지."

"그런데 이놈은 다 있단 말이지."

돈도 다른 국회의원들이랑 비교할 수 없을 정도로 많다.

물론 찾아본다면 그보다 많은 돈을 가진 국회의원들이 없는 건 아니다.

하지만 송정한의 뒤에는 새론이 있다.

일개 법무 법인으로 보기에 새론의 힘은 너무나도 강했다.

"그렇다고 해서 가만둘 수도 없지 않습니까? 자유신민당에서도 이번 기회에 확실하게 정리하기를 원하는 모양새인데."

"그러니까 문제지."

한국도와 다르게 송정한은 집권하는 경우 위험한 대상이 된다.

어설픈 바보도 아니고 판사 출신이라 부패와 범죄가 어떤 식으로 이루어지는지 누구보다 잘 아니까.

설사 선거에서 진다 하더라도 자유신민당 입장에서는 한국도가 훨씬 낫지 송정한은 최악이었다.

"흠…… 그러면 어쩐다……."

"다른 사건이랑 엮어 버리죠."

"다른 사건?"

"네. 언론사 새끼들도 헛소문을 기반으로 공개 못 하는 것뿐이지 않습니까?"

"그렇지."

"그러니까 적당한 소스를 던져 주죠."

"소스라……."

확실히 이런 타입의 정치인이 없는 건 아니다. 그리고 그럴 때마다 쓰던 방법이 있기는 하다.

"증명할 수 없는 걸 들이밀면 되기는 하는데."

원래 증거는 검찰이 제시해야 한다. 하지만 한국은 사실상 '유죄 추정의 원칙'이 지배하고 있다.

그리고 검찰은 그 '유죄 추정의 원칙'을 확실하게 만들어 낼 수 있다.

"하지만 어중간한 걸로 조지는 건 불가능할 텐데."

"딸을 건드리죠."

"딸?"

"카드 사용 내역을 보면 명품을 좋아하니, 아파트 업자에게서 명품이나 돈을 받았다고 하는 겁니다. 마침 사는 곳도 수원이네요. 여기에서 사건 하나 올라온 게 있습니다."

"딸이 말이야?"

"네, 원래 가족을 조지다 보면 다 나오기 마련입니다. 대통령 새끼도 하나 모가지 따 버렸는데 국회의원 새끼 하나 모가지 따는 건 일도 아닐 겁니다."

"그렇기는 한데……."

진짜 위험한데 깨끗한 사람의 경우 검찰에서 쓰는 방식은 그 가족과 주변 인물을 괴롭히면서 말려 죽이는 거다.

그러면 본래 공격하려 했던 사람은 죄책감에 고통스러워한다.

그렇게 괴롭히다 보면 살려 달라고 무릎 꿇고 비는 경우가 대부분이고, 그게 아니더라도 협상을 통해 권력을 포기하고 야인이 되는 경우가 많다.

"딸년이 나이가 몇 살이지?"

"올해 서른네 살입니다. 결혼했고 자녀도 둘 있네요."

"그렇단 말이지, 흐흐흐."

그 말에 조양태의 얼굴에 잔인한 미소가 떠올랐다.

결혼한 딸이 자기 때문에 인생 조진다는 것을 알았을 때 송정한은 과연 어떤 얼굴을 할지 궁금해졌다.

더군다나 딸이 서른네 살인데 슬하에 자녀가 두 명 있는 거라면 둘 다 어린아이일 게 뻔하다. 그럼 손자 손녀가 자기 욕심 때문에 고통에 허우적거리게 될 테니 더더욱 자책이 심해질 터였다.

그러나 그다음 순간 왠지 찝찝한 기분이 들었다.

"노형진 그 새끼는 어쩌고? 그렇잖아도 이 새끼 때문에 요즘 우리가 엄청 심하게 욕먹는데."

"뭐, 개돼지들이 욕하는 거야 하루 이틀 문제도 아니지 않습니까? 어차피 기소 독점권은 우리가 쥐고 있는데요, 뭘."

"그건 그렇지만……."

문제는 노형진이 그걸 신경 쓰는 위인이 아니라는 거다.

실제로 선배들 역시 기소 독점권을 기반으로 노형진을 감옥에 보내 보려고 엄청나게 노력했지만 매번 실패했다.

검찰 내부에서 노형진은 철천지원수나 마찬가지로 여겨지고 있었다.

"송정한 그 새끼를 밀어주는 게 노형진일 텐데. 공격이 들어오면 어떤 식으로든 반격할 텐데."

"차라리 좋은 기회 아닙니까?"

"기회?"

"지금 새론에 청계 프레임을 뒤집어씌우려고 하고 있는 거 아닙니까? 그러니까 그걸 역으로 공격하는 데에 쓰죠. 무차별적으로 정보를 공개하는 겁니다."

"아!"

노형진은 자신들이 불리할 때 상대방이 감추고 싶어 하는 정보를 무차별적으로 공개한다.

나중을 생각해서 문제를 쉬쉬하는 대부분의 사람들과는 다르다.

그래서 쉽게 건들기 힘들다.

"만일 외압을 준다고 하면 그걸 언론에 공개해 버리죠. 우리라고 그냥 당하라는 법 있습니까?"

"그랬지. 우리 원래 계획이 그거였지!"

새론에 청계의 프레임을 뒤집어씌우는 것. 그게 최초 목표였다.

설마 청계의 인물을 데려다가 진짜로 협박할 줄은 몰랐지만, 그렇다고 해서 그 방법을 쓰지 말라는 법은 없다.

"흐흐흐, 좋아. 좋은 생각이야."

물론 그런다고 해서 노형진이 권력을 잃어버릴 리는 없다. 하지만 최소한 송정한은 지키지 못할 거라 생각했다.

하지만 그는 몰랐다, 이미 노형진은 검찰에서 이런 식으로 나올 거라 예상하고 있었다는 것을 말이다.

⚖

"너무 뻔하달까나~."

"뭐야, 그 일본 만화에나 나올 듯한 씹덕 대사는."

"한번 해 봤다. 그나저나 정보 나온 거 없어?"

"딱히 없지. 너도 알다시피 이런 정보는 외부에 공개하지 않잖아."

노형진은 검찰이 이대로 물러날 리가 없다는 걸 알기에 오광훈에게 정보를 요청했다.

하지만 아무리 오광훈이 검사라고 해도 자신이 담당하는 사건이 아니다 보니 접근하기가 쉽지 않았다.

"알아. 하지만 그래도 예상되는 건 있을 거 아니야. 그놈들이 아무리 조용히 움직이려고 한다 해도 결국 흔적은 남기 마련이거든."

"그건 그렇지."

오광훈은 그 말에 고개를 끄덕거렸다.

"분명히 뭔가 있을 거야. 음…… 아마도 관련 없는 사건을 뒤적거리는 게 하나쯤 있을 것 같은데."

"관련 없는 사건?"

"그래. 내 생각에는 뭔가 뒤집어씌울 가능성이 크거든."

노형진은 송정한을 믿는다.

애초에 송정한은 깨끗한 사람이다. 그런 사람이 아니었다면 노형진이 그를 밀어줄 리가 없다.

게다가 가족도 깨끗하다는 걸 잘 알고 있다.

'그러면 보통 검찰의 선택은 하나뿐이지.'

뭔가를 심는 것.

과거에 노형진에게도 한번 시도했지만 실패했던 일이다.

물론 노형진에게 실패했을 뿐이지 그 외의 사람들에게는 충분히 성공했기에, 여전히 검찰에서는 상대방을 엿 먹이기 위해 증거를 조작하거나 심는 걸 주저하지 않았다.

"상관없는 사건?"

"그래."

문제는 지금에 와서야 증거를 심는 건 불가능하다는 것.

'그렇다면 뻔하지.'

누군가에게서 뭘 받았다는 식으로 프레임을 몰고 갈 거다.

그렇게 함으로써 이미지를 망가트리고 사람들의 시선을 그쪽으로 몰아서 이미지를 부숴 버리려고 할 거다.

"상관없는 사건이라……."

"아무리 그놈들이라고 해도 뭔가를 뒤집어씌우기 위해서는 그걸 위해 희생할 사람이 있어야 하거든. 지난번에 국방부 사건 기억하지?"

"아, 그래. 기억나."

그때 상대방은 뒤집어쓸 사람이 없어서 결국 죄를 뒤집어씌우는 것에 실패했었다.

"하지만 검찰은 기소 독점권을 가지고 있지."

즉, 원한다면 죄를 뒤집어씌워서 족칠 수도 있다는 거다.

아니면 죄를 감춰 주는 걸 조건으로 가짜 증언을 한다거나 하는 식으로 말이다.

"사실 다들 송정한 의원님처럼 깨끗하리라고 보기는 힘드 니까."

당연히 누군가는 더러운 일을 할 테고, 그 과정에서 검찰 에게 이용당할 가능성이 크다.

"흠……."

"가능하면 송정한 의원과 관련이 있는 사람 위주로 건드리 겠지."

"가능하면이라……."

사실 오광훈이 그런 정보를 접할 수는 없다.

하지만 그는 바보가 아니다. 검사란 족속은 자기들의 이득 을 위해 일할 때에도 결코 본인들만 일하지 않는다. 자기 아 래에서 일하는 수사관들을 이용한다.

당연히 그 수사관들은 검사들이 요구하는 온갖 자료를 가 져다준다.

그래서 오광훈은 그 일을 진행하는 검사들이 아니라 그 아 래에서 일하는 수사관들과 인맥을 트고 살살 정보를 받아 오 고 있었다.

어차피 거기에 가 봐야 검사란 작자들은 그냥 욕이나 하면 서 죄를 만들어 내라고 닦달할 테니까.

그 사실을 알기에 일부 수사관을 제외하고는 대부분 탐탁 잖게 생각하면서도 어쩔 수 없이 그들에게 끌려가고 있었다.

"어, 그러고 보니 하나 생각나는 게 있네."

"뭔데?"

"수원시에서 있었던 사건에 관련된 자료를 가져다 달라고 했다던데?"

"수원시?"

그 말에 노형진은 사실 당황했다.

왜냐하면 송정한은 수원시와 아무런 관련이 없는 사람이기 때문이다.

애초에 고향도, 지역구도 아니고, 살아 본 적도 없으며, 거기에서 어떤 사건을 받아서 해결했다는 말도 한 적 없다.

본래 서울 지역에서 활동하는 변호사였으니 수원시 사건까지 올 가능성도 높지 않고 말이다.

"맞아. 수원시에서 데비앙 아파트 관련 사건 자료를 가져다 달라고 했다고 했어. 그리고 그 데비앙 아파트 건설 사장이 요즘 서울로 뻔질나게 찾아온다고 하던데."

"데비앙 아파트?"

노형진은 그 말에 고개를 갸웃하면서 기록을 확인했다.

데비앙 아파트는 수원 지역에 만들어진 소형 아파트 단지였다.

사람들은 아파트 단지라고 하면 엄청나게 큰 것만 생각하지만 의외로 중소형 건설사에서 건설하는 소형 아파트들도 제법 많다.

"수원이 요즘 진짜 핫하거든."

"핫하지."

노형진도 그건 안다. 그도 투자한 지역이니까.

수원은 전 지역에 재건축 바람이 불면서 너도나도 재건축을 하기 시작했는데, 그러다 보니 기존에 살던 사람들이 갈 곳이 없어져 버렸다.

당연히 그들은 다른 곳으로 가기 위해 다급하게 집을 구했고, 그 결과 수원 지역의 집값이 단시간에 어마어마하게 올라 버렸다.

"데비앙 아파트가 그런 타이밍을 잘 맞춘 곳이고."

"그래?"

노형진은 핸드폰으로 데비앙 아파트를 찾아봤다.

총 4동짜리 아파트로, 소형 주택단지를 철거하고 건설한 곳인 모양이었다.

"그런데 이게 왜? 아니, 당연한 건가?"

아파트 건설을 하면서 형사사건에 엮이지 않는다면 그 자체가 신기한 일일 정도라고 하니까.

"아, 뭐 뻔하지. 아파트를 지으면서 돈이 왔다 갔다 했다, 뭐 그런 거지."

작은 회사라면 더더욱 그럴 거다. 그래야 자신들의 수익을 늘릴 수 있을 테니까.

그런데 그 과정에서 뭔가 잘못되어 검찰에게 걸렸으니 수사받고 있을 거라는 사실을 추측하는 건 어렵지 않다.

"딱히 특별할 게 없는 사건이기는 해."

"검사 입장에서야 그렇지."

공사 현장에는 소송이 있다고 해도 과언이 아닐 정도로 건설업자들 사이에서 고소와 고발은 피해 갈 수 없는 하나의 숙명 같은 거다.

'그런데 작은 곳은 그에 대한 대응이 쉽지 않단 말이지.'

초대형 건설사 같은 경우는 진짜 검찰에서도 알아서 긴다.

애초에 건드리지도 않는다.

하지만 중형 건설사들은 검사들이 뭔가 털어먹기 딱 좋은 곳이다.

건축 단계에서 온갖 더러운 일이 벌어지고, 건설업이라는 특성상 현금 장사인지라 두둑하게 돈을 쟁여 두니까.

'특히 지금은 더더욱 그럴 테고.'

데비앙 아파트는 분양이 끝난 지 얼마 되지 않았다. 심지어 그것도 100% 분양 완료다. 그렇다면?

'검찰에서 한번 털기는 하겠네.'

고발? 고발이야 다른 누군가에게 시키면 그만이다.

그것도 곤란하다 싶으면 그냥 인지 수사라고 하면 된다.

그리고 이때쯤 한번 털어 내면 검사에게는 두둑한 돈이, 그리고 건설사에는 면죄부가 생긴다.

그렇게 한 번 무죄가 나오면 일사부재리에 따라 조사 자체가 불가능해지니까.

"뭐, 이건 흔한 일 아닌가?"

오광훈도 별거 아니라는 듯 시큰둥하게 말했다.

"네가 어떻게 알아? 너는 그쪽 사건 수사도 안 해 봤을 텐데."

"야, 깡패 새끼가 용역 깡패도 안 해 보고 어떻게 깡패를 자처하겠냐?"

"틀린 말은 아니다만."

어차피 철거 같은 걸 할 때 용역 깡패 쓰는 거야 검찰과 법원 그리고 경찰에서조차도 묵인하는 일이다.

실제로 용역 깡패들이 사람을 두들겨 패도 죽이지만 않는다면 경찰은 잠자코 구경만 한다.

"검찰이 뭐 자기 떡값이라고 생각해서 기웃거리는 거야 특이한 건 아니잖아. 그게 이상한 거야?"

노형진의 말에 오광훈이 피식 웃으며 말했다.

"이상한 거야. 자기 나와바리가 아니잖아. 사건을 덮고 싶다면 서울이 아니라 수원 검찰을 찾아가야지."

"얼씨구? 조폭 다 되어 가네? 나와바리가 아니라니."

"틀린 말은 아니니까."

수원에는 수원지방검찰청이 있다.

당연히 이런 경우 조사를 통해 수익을 얻어 내는 주체는 수원 지역의 검찰이지 외부의 검찰이 아니다. 외부 검찰은 권한도, 책임도 없다.

이것이 법이다

"그런데 그걸 왜 서울에서 하려고 할까?"

"그런가?"

"그래. 아마도 수원에서 뭔가를 이용해서 뒤집어씌우려고 하는 것 같은데."

"어떻게 알아?"

"이런 경우에 대부분 이용되는 회사들이 건설사거든."

작은 규모의 건설사들에 압력을 행사해서 '일단 찔러라. 나머지는 우리가 알아서 한다.'라는 식으로 말하는 건 쉬운 일이다.

"일단 건설사들은 현금 유통량이 워낙 많아야지."

즉, 추적이 아주 힘들고, 결과적으로 그걸 핑계 삼아서 비자금을 만들었다고 말한다고 해도 법원은 크게 문제 삼지 않는다.

실제로 건설업계에서의 비자금은 한국의 모든 산업 중에서 최고 수준이니까.

"그런데 그걸 가지고 송 의원님을 조지려고 하는 거야?"

"그러니까 그게 문제야. 송 의원님은 그쪽이 아니거든."

수원 지검과는 아무런 관련도 없고, 건설위원회나 국토교통위원회 소속도 아니다. 심지어 건설과 관련된 사건도 담당한 적이 없다.

그런데 수원에서의 사건을 가지고 올린다?

노형진이 잠깐 고민하는데 오광훈이 퉁명스러운 얼굴로

말했다.

"간단하네. 수원에 누가 있는 거구만."

"누구?"

"가족이든 친한 사람이든 친척이든, 하여간 누군가 있을 거야. 그 사람을 조지려고 그러는 거고."

"네가 그걸 어떻게 알아? 내부에 들어가 본 적도 없잖아."

노형진은 오광훈에게 눈을 찡그리며 말했다. 그러자 오광훈이 피식 웃으며 말했다.

"야, 솔직히 사람 인생 조지는 거에 조폭처럼 뛰어난 놈들이 어디 있겠냐? 법에 걸리는 거? 그건 실력이 좆도 없는 양아치 새끼들이나 걸리는 거야. 자고로 실력 좋은 조폭이라면 법이 허락하는 한도 내에서 상대방을 어떻게 조져야 하는지 아는 법이라고."

"그래서 가족을 노린다……."

노형진은 그 말에 눈을 찡그렸다.

확실히 그렇다. 조폭들이 상대방을 조질 때 가장 많이 쓰는 방법이 가족과 주변 인물부터 조지는 거다.

그러면 그 사람은 피가 말라 가다가 결국 굴복하게 된다.

"네가 심연을 들여다볼 때 심연도 너를 들여다본다 이거네."

"심…… 뭐?"

"그런 게 있다."

노형진은 혀를 끌끌 찼다.

사실 그것 말고는 딱히 이유가 없어 보이기는 했다.

'내가 잘못 생각했네.'

서울에서 정치 사건을 수사하는 놈들이라고 해서 검찰이 아닌 건 아니다. 결국 실력이 비슷하면 비슷한 방법을 쓰기 마련이다.

"누가 있는지 한번 물어봐야겠네."

노형진은 눈을 찡그리며 말했다.

늑대 뒤에 있는 호랑이

"수원?"

"네. 혹시 수원에 관련된 거 있으십니까?"

그 질문에 그게 무슨 뜻인지 대번에 알아챈 송정한이 굳은 얼굴로 말했다.

"시집간 내 첫째가 수원에 사네."

"따님이요? 그러고 보니 몇 년 전에 결혼하셨죠?"

노형진은 어렴풋하게 기억나서 고개를 끄덕거렸다.

노형진 역시 송정한의 첫째 딸의 결혼식장에 갔었으니까.

"그래. 결혼하고 수원에 자리를 잡았지. 사위가 수원에서 직장 생활을 하거든."

"정확한 주소가 어디입니까?"

"수원의 동탄이라네."

"동탄이라……."

동탄은 수원에서 상당히 비싼 지역에 들어간다.

"혹시 거기에 따님이 아파트를 살 때 돈을 보태 주셨습니까?"

"당연하지 않나? 부모 입장에서는 다 해 주는 게 일반적인 건데."

"세금 문제는요?"

"다 깔끔하게 정리했네."

보통 사 줄 때 은근슬쩍 신고하지 않기도 하지만 송정한은 국회의원.

만일 공격이 들어올 상황에 처한다면 그것도 약점이 된다는 걸 알기에 완벽하게 마무리 지어 두었다.

"생활비나 뭐 그런 건요?"

"자기들끼리 알아서 하는 거지, 뭐."

"혹시 몰래 일부 지원금을 주거나 하신 거 아니죠?"

"그럴 이유가 없지. 사위도 잘나가는 의사야. 연봉이 2억 가까이 된다네."

그 말에 노형진이 눈을 휘둥그레 떴다.

"2억요?"

"의사거든. 성형외과의야. 지금은 페이 닥터지만, 돈 좀 모이면 병원을 열 거라고 하더군."

그렇다면 충분히 그렇게 벌 만하다.

"따님이 누군가에게 돈을 받거나 할 만한 성격인가요?"

"그럴 리가 없네. 그런 건 내가 확실하게 못 박아 놨으니까. 심지어 그 애가 내 딸이라는 걸 아는 사람도 거의 없을걸."

"하긴, 그렇겠네요."

노형진도 결혼식 청첩장을 받기 전까지 딸이 있다는 건 알았지만 누구인지는 전혀 몰랐다.

심지어 이름조차도 몰랐으니 누군가가 그녀에게 다가가서 뇌물을 줄 가능성은 높지 않다.

"따님 직업은요?"

"선생님이라네. 계약직이기는 하지만."

"계약직요?"

"그래, 뭐 딸이 다 날 닮은 건 아니라서."

둘째는 송정한을 닮아서 공부를 곧잘 하지만 첫째는 공부에 관심이 없었던 모양이다.

"따님이 한 분 더 계시다고 하지 않았습니까?"

"뭐, 있지. 작은 로펌에서 일하고 있다고만 알아 두게나."

노형진은 그 말에 고개를 끄덕거렸다.

송정한은 이런 사람이다. 혹시나 자신의 딸이라는 이유로 특혜를 입을까 봐 아예 어디서 일하는지도 말하지 않는다.

'말하는 걸 보니까 변호사인 모양이네.'

중요한 건 그게 아니다.

수원이라는 특정성을 생각했을 때 상대방이 노리는 건 송정한의 첫째 딸일 가능성이 크다.

"그러면 사위분은 뭔가 받을 만한 사람입니까?"

"아니, 전혀 아닐세."

"그래도 중매로 만난 거라면 사돈댁에 문제가 있을 수도 있죠."

"중매가 아니야. 고등학교 커플이거든."

그럼 상당한 기간을 알고 지냈다는 거고 상대방에 대해 그나마 잘 아는 사람일 가능성이 크다.

'하긴, 그런 경우라면 사위도 무리할 이유가 없지.'

뇌물을 받아서 병원을 열 바에야 차라리 송정한에게 돈 좀 빌려 달라고 하는 게 속 편한 일일 거다.

실제로 송정한 정도의 재산이면 성형외과 하나 오픈해 주는 건 어려운 일은 아니니까.

'거기다 페이 닥터라고 해도 연봉이 2억이라면 적은 건 아니란 말이지.'

물론 지역마다 다르다지만 의외로 페이 닥터는 시골이 더 비싸고 서울이나 수도권이 더 싸다.

왜냐하면 지방에서는 의사를 구하는 게 힘들다 보니 점점 더 페이가 올라가기 때문이다.

그런데 페이 닥터로 2억이라면, 그래도 성형외과 의사로서 실력이 상당하다는 의미다.

'그러면 노리는 게 있다는 거네. 아니, 답은 이미 나온 건가?'

검찰의 수많은 수법들은 아이러니하게도 그들이 그렇게 싸워 온 조폭과 닮아 있다.

실제로 검사는 직업의 특성상 조폭들이 남을 괴롭히는 방법을 누구보다 잘 알고 있는데, 그걸 활용해서 주먹 대신에 기소 독점권이라는 무기를 휘둘러 상대방을 괴롭힌다.

"아무래도 따님을 노리는 것 같네요."

"개 같은 놈들."

아무리 송정한이 착하고 바르다고 해도 세상에 자기 딸을 건드리려고 하는 놈들을 용서할 만큼 착한 사람은 아니다.

그런 사람이 있다면 그 사람은 둘 중 하나다.

부처의 환생, 아니면 병신.

"생각해 보면 매번 그러지 않았습니까? 그런 방법으로 대통령도 한 명 죽였으니 검찰 입장에서는 최고의 무기겠죠. 어차피 뭔 짓을 해도 그들은 처벌받지 않으니까요."

기소 독점권. 그게 그들이 가진 힘이다.

물론 검사가 누군가를 직접 칼로 찔러 죽인다면야 국민들의 눈치를 봐서 기소해야 할 거다.

하지만 수사 중에 당사자가 자살한 것까지 검사에게 책임을 물을 수 없다는 식으로 해 버리면 수백 수천 명을 죽여도 문제 될 건 없다.

"그러면 이걸 어떻게 해야 하나? 내가 그놈들을 당장……!"

흥분해서 당장이라도 뛰쳐나가려고 하는 송정한. 아마도 검찰청에 가서 난리를 피우려고 할 것이다.

"좋은 생각은 아닙니다. 이번에는요."

"지난번에는 비슷한 경우에 우리가 먼저 가서 공격하지 않았나?"

"그때는 선거가 걸려 있지 않았잖습니까?"

그때는 선거와는 아무런 관련이 없었다. 그러니 언론 플레이를 하든 방송을 하든 쇼를 하든 아무 상관이 없었다.

"하지만 이번에는 선거가 걸려 있습니다. 또한 송 의원님은 국민들에게 견제이자 감시의 대상인 국회의원입니다. 그런 경우에 파급력이 어떻게 작용할 것 같습니까?"

"끄응……."

국민들이 부당한 수사에 분노하는 것은 사실이지만 그렇다고 해서 멀쩡한 수사를 국회의원의 압력으로 무마하는 것 또한 당연히 싫어한다.

굳이 비교하자면 사실 전자보다는 후자가 더 국민들의 미움을 받을 가능성이 크다.

"애초에 저쪽은 이게 성공하든 실패하든 상관없습니다. 그에 반해 이쪽에서 공격을 방어하게 되면 저쪽은 물고 늘어질 핑계를 만들어 낼 수 있죠."

"끄응…… 망할. 차라리 모조리 잘라 버렸으면 좋겠는데."

"저도 마찬가지입니다."

하지만 그러기에는 너무 늦었다.

"하지만 이러면 우리 가족도 문제가 되는데."

송정한 자신이야 똥칠할 각오를 하고 시작한 정치이지만 가족은 아니다.

사실 송정한의 아내는 그가 정치하는 것에 대해 상당히 부정적으로 생각하고 있다.

그런 가족을 설득해서 시작한 정치가 가족을 다치게 한다면 무슨 의미가 있단 말인가?

"걱정하지 마세요. 제가 전에 말했지요, 이건 이슈가 되기 전에 틀어막는다고?"

"하지만 이슈가 되는 것만 틀어막은 거 아닌가?"

검찰에서 조사하기로 결심하면 어떻게 해서든 증거와 증언을 조작해서 결과를 만들어 내려고 할 것이다.

물론 노형진의 힘으로 이슈화되는 것은 막을 수 있을지도 모른다.

하지만 언론을 막는다고 해서 한국도가 가만히 있을 리도 없거니와, 설혹 정말 그가 나서지 않아도 다른 렉카들이나 유튜버들이 개인적으로 가만히 있을 리가 없다.

"설마 또 진한그룹의 약으로 시선을 돌리려고? 그건 불가능할 걸세."

이미 한번 써먹은 상황이다. 그리고 실제로 그 사건 이후에 법원과 검찰에 시선이 쏠려 있다.

이 상황에서는 그들이 하는 행동 하나하나가 바로 국민들의 관심 대상이 된다.

당연히 그 상황에서 검찰이 하는 수사 역시 관심의 대상이 될 것이다.

"압니다. 그래서 막으려고 하는 거고요."

나중에 억울함이 드러난다? 과연 언론에서 그걸 전달해 줄까? 그리고 억울함은 과연 누가 풀어 줄까?

아마도 그때쯤이면 여론 재판은 끝난 후일 테고, 송정한의 가족은 차라리 죽는 게 나을 만큼 큰 고통을 겪고 있을 거다.

설사 그게 끝난다고 해도 절대로 과거로 돌아갈 수는 없다.

"그래서 저는 검찰에서 이에 대해 말이 나오기 전에 아예 차단할 생각입니다."

"하지만 무슨 수로 말인가? 이미 검찰에서는 표적을 정했는데."

물론 검사 개개인을 공격하는 방법도 있다.

"검찰의 요청으로 위증한 건설사 사람에게 부탁해서 사실을 공개하려는 건가?"

"그건 안 될 겁니다. 그러기에는 그 사람이 잃을 게 너무 많아요."

위증을 부탁받았다고 증언하는 순간 검찰에서는 무슨 수를 써서라도 그를 죽이려고 할 거다.

건설업이라는 특성상 그 사람이 걸릴 만한 게 한두 개가 아닐 테니 당연히 그게 걸리는 순간 그는 모든 걸 잃어버릴 거다.

"그렇다고 해서 제가 그 기업을 사 줄 이유도 없고요."

그에게는 미안하지만 해당 기업은 노형진이 인수해 줄 만큼의 값어치는 없었다.

개인이라면 노형진이 어느 정도 도와줄 수 있을지도 모른다. 하지만 한 기업의 사장이 과연 단순히 정의감에 사실을 말할 리가 없다.

"그러면 검찰을 어떻게 해 보려고 하는 건가? 사전에 어떻게 이걸 터트리려고?"

"그래 봤자 증거가 없으면 입을 다물겠죠."

언론에서 지금 입을 다물고 있는 건 이쪽이 무섭기 때문이지 이쪽 편이라서가 아니다.

"그러면 어쩌려고 그러나? 자네도 알다시피 기소 독점권은 검찰에게 있네."

"압니다. 하지만 우리도 이제 내부에 검사가 있지 않습니까?"

"뭐?"

"스타 검사들 말입니다. 스타 검사들은 뒀다가 그냥 국 끓

여 드실 겁니까? 기소 독점권은 검찰에 있지만 언론에 공개
하는 건 다른 검사들도 가능합니다."

그 말에 송정한은 멍하니 노형진을 바라보았다.

그동안 노형진은 검찰 내부에 스타 검사들을 많이 키워 왔
다.

그들은 주요 사건이나 이슈가 있는 사건의 전면에 나서서
해결하고 동시에 피해자들을 구제하는 모습을 보여 주면서
국민들에게 좋은 이미지를 쌓아 왔다.

실제로 그런 이미지 덕분에 위로 올라간 검사들이 한두 명
이 아니었다.

"그리고 이제 하나의 파벌이 된 게 바로 스타 검사들이지
요."

"설마 스타 검사들이 그들을 조사하도록 할 거라는 건가?"

노형진은 그 말에 피식 웃었다.

"그럴 리가요. 그리고 그 방법은 지난번에도 써먹었습니
다. 이번에 송 의원님을 조사하는 놈들이 과연 그 방법을 모
를까요?"

당연히 모르지는 않을 거다. 그들은 어떻게 해서든 그 방
법을 막기 위해 수작을 부릴 거다.

"아마도 그 방법은 판사를 끌어들이는 것일 테고요."

"끄응, 그렇지."

이미 판사는 이쪽과 척진 상황이다. 그 상황에서 과연 판

사들이 이쪽을 위해 스타 검사들의 수사를 지원해 줄까?

그럴 리가 없다.

"더군다나 제가 법원과 검찰을 이번에 병신 취급했으니 그들은 절대로 우리를 도와주지 않을 겁니다."

"그러면 방법이 없지 않나, 방법이!"

노형진은 그 말에 고개를 좌우로 흔들었다.

"목적성이 다르죠."

"목적성?"

"검찰에서, 정확하게는 송정한 의원님을 조사하는 쪽에서 이번에 데비앙 아파트를 조사하는 건 증언해 주는 대신에 사건을 덮어 주겠다는 일종의 거래를 위해서일 겁니다."

그게 아니라면 수원 지역의 검사들에게서 욕을 바가지로 먹을 거다.

서울에서 있는 대로 받아 처먹고 있는 놈들이 수원 지역의 소형 건설 업체까지 건드려서 받아 처먹으려고 한다고 말이다.

실제로 서울에서 접대받는 검사들이야 전화 한 통에 수천만 원이 계좌에 쏴지는데, 소형 건설 업체는 그럴 능력이 안 된다.

"쉽게 말해서 협박을 위해 한다는 거죠."

"그런데?"

"그런데 그 사건을 다른 검사가 조사한다면 어떨까요?"

"뭐? 다른 검사? 그러니까……."

"검찰은 아마 이걸 인지 수사로 몰아갈 겁니다. 정식으로 파고들기 시작하면 나중에 덮기가 힘들어지거든요."

최악의 경우 자기들이 덮고 싶다고 해도 덮지 못하는 사태가 발생할 수도 있다.

실제로 그런 사례가 있다.

당장 그 유명한 만두 파동만 해도, 진짜로 한국의 만두 업계를 박살 내려고 한 게 아니라 그냥 뇌물 좀 달라고 했는데 안 주니까 빡쳐서 터트린 것이었다.

"사건의 충격량을 컨트롤하는 건 진짜 세밀한 기술이 필요합니다."

기술뿐만 아니라 그에 맞는 권력과 돈도 필요하다.

그나마 키우는 건 쉽다. 하지만 줄이는 거? 열 배는 더 어렵다.

"그러니 그들은 분명 데비앙 아파트를 건설한 데비앙건설을 불러서 은근히 협박하겠지요."

송정한 측에 뭐 하나 쥐여 줬다고 해라. 그러면 우리가 사건을 무마해 주겠다. 우리 힘이면 확실하게 사건을 덮을 수 있다.

그렇게 말하면서 가짜 증언을 시켰을 거고, 데비앙건설은 아마도 받아들였을 것이다.

"하지만 다른 쪽에서 그걸 수사한다면 어떨까요?"

"뭐?"

그 말에 송정한은 이해가 가지 않았다.

이미 조사 중인 사건 아닌가? 그런데 그걸 다른 곳에서 조사한다니?

"스타 검사 말입니다. 그쪽에서 수사를 하지 말라는 법은 없지요."

"하지만 이미 인지 수사로 진행하는 거라면서?"

"그걸 압니까?"

"그건……."

"인지 수사는 보고의 의무가 없습니다."

인지 수사는 말 그대로 사건에 대해 의심이 들어서, 그걸 정식으로 수사하기 전에 검찰이나 경찰이 일단 간단하게 수사하는 것을 의미한다.

"그런데 과연 협박하면서 수사할까요?"

"그거야……."

안 한다. 아니, 못 한다.

수사가 진행되어 약점과 증거가 나오기 시작하면 그때부터는 범죄 은닉이 되어 버린다.

"인지 수사와 범죄 은닉은 전혀 다르죠."

인지 수사야 조사했는데 별거 없는 것 같아서 그냥 멈췄다고 하면 끝이다. 인지 수사란 그런 거니까.

하지만 조사 과정에서 증거와 증언이 나왔는데 사건을 종결한다면? 당연히 그와 관련되어 말이 나오지 않을 수가 없다.

"그러면 데비앙건설은 어이가 없어지는 거죠."

한쪽에서는 자기 말대로 하면 사건을 덮어 주겠다고 했는데, 다른 한쪽에서는 자신을 족치기 위해 수사하고 있다.

"인지 수사는 한쪽에서만 해야 하는 게 아니니까요."

양쪽에서 인지했어도 나중에 정식 사건으로 넘어갈 때 합치면 그만이니, 단순 인지 수사는 검사나 경찰이라면 누구나 할 수 있다.

"그 데비앙건설은 기가 막히겠군."

"네, 어느 쪽으로 가든 자기는 죽는 꼴이거든요."

저쪽으로 붙는다? 그러면 그들이 감추고 싶어 하는 진실이 스타 검사에 의해 드러날 거다.

당연히 최고 형량이 선고될 가능성이 크다.

왜냐하면 자신을 도와준다고 떠드는 저 검찰 새끼들이 도와줄 리가 없으니까. 그들은 칼같이 손절을 할 거다.

그렇다고 해서 양심을 찾는답시고 스타 검사들을 편들어 준다?

그러면 그다음 날부터 정치 검사들에게 영혼까지 털릴 테고 아마 똑같이 파멸할 거다.

"어느 쪽을 선택하더라도 파멸이라는 선택지밖에 없는 거죠."

아무리 그래도 아파트를 지을 정도의 규모가 되는 회사를 운영하는 사람이 정치적으로 눈치가 없을 리가 없다.

당연히 그는 이 상황에 대해 알게 될 테고, 어느 쪽도 선택하지 못하게 될 것이다.

"의혹은 사람에게서부터 시작되죠."

"아! 그렇군. 그러면 확실히 터트리기 전에 차단할 수 있겠어."

어느 쪽을 선택해도 파멸이라면, 사람은 당연히 그 처벌이 약해지는 쪽을 고를 수밖에 없다.

만일 저쪽을 고르게 된다면? 아마도 정치인과 싸워 가면서 처벌받게 될 것이다.

그리고 그런 기업의 사장쯤 된다면 노형진에 대해서도 알고 있을 거다.

"그는 둘 중 하나를 골라야 합니다. 그리고 그런 경우에 유리한 건 우리가 되겠지요."

노형진은 씩 하고 웃었다.

⚖

데비앙 아파트를 건설한 작은 건설 회사의 대표인 권우설은 미칠 것 같다는 게 뭔지 알 것 같았다.

"그러니까 아주 두둑하게 해 드신 모양인데, 각오하고 하신 거죠?"

다짜고짜 자신을 불러서 족치기 시작한 검사. 오광훈이라는 미친놈이었다.

소환되고서 여기저기 알아보니 엮여서 좋을 일이 없는, 말 그대로 미친놈.

그런 놈이 뜬금없이 자신을 불러서 자신이 지은 데비앙 아파트에 대해 조사한단다.

"일단 내부에 부실 건설 의혹도 있어요."

"부실 건설이라니요! 말도 안 됩니다! 저희는 진짜 건물 튼튼하게 짓습니다!"

"헛소리하지 마쇼. 내가 알아보지도 않고 부른 줄 알아?"

이미 한국 건설업은 개판이 된 지 오래다.

물론 삼풍백화점과 한강교의 추락 사건 이후로 뭐든 튼튼하게 짓는다는 약속과 더불어 정부의 감시도 강해져서, 그 시기에 지은 건물들은 튼튼하다.

하지만 시간이 흐르며 돈이 스멀스멀 퍼지고 좋은 게 좋은 거라는 분위기가 다시 돌아오면서, 요즘 지어지는 대부분의 아파트들은 사실상 부실 가능성을 피할 수가 없게 되었다.

물론 그런 걸 막기 위해 감리하는 사람을 두게끔 정해져 있지만 애초에 감리를 고용하는 건 정부가 아닌 건설사다.

당연히 감리사는 월급을 주는 회사에 충성을 바친다.

감리? 보통 집에서 퍼질러 자는 게 일상이고 현장에 와서 일이라도 하면 부지런한 거다.

만일 공사하는 데 있어서 감리가 입을 턴다? 그러면 그날로 잘리는 거다.

그랬기에 감리도 대충 한 그런 아파트가 바로 데비앙 아파트였다.

그런데 그걸 어떻게 알았는지 오광훈은 해당 아파트의 부실 공사를 걸고넘어지고 있었다.

"콘크리트에 모래를 섞었다면서? 썩어서 못 쓰는 철근도 쓰고, 심지어 콘크리트에 물도 탔네? 얼씨구?"

어디서 가지고 온 건지 자료를 들고 흔드는 오광훈을 보면서 권우설은 입술이 바짝바짝 말랐다.

최악의 경우 부실 공사가 인정되면 애써 지은 집을 무너트리고 새로 지어야 한다.

그리고 자신은 그럴 돈이 없다.

"제발…… 한 번만 봐주십시오."

"웃기네, 이 아저씨야. 그 아파트 무너지면 한두 명만 죽을 것 같아? 수천 명 단위야, 수천 명 단위! 그런데 그걸 이렇게 날림으로 지어?"

"……."

물론 당장은 안 무너진다.

몇 년만 버티면 자신의 책임 기간이 끝나니 그 후에 무너져서 수천 명이 죽든 수만 명이 죽든 그건 자신의 책임이 아니다.

　권우설은 그렇게 생각했다.

　문제는 지금이다. 아직은 자신에게 새로 지은 건물에 대한
책임이 있다.

　'씨팔. 도대체 어떻게 된 거야?'

　서울로 불려 갔을 때 그는 검사들에게서 은밀한 제안을 받
았다. 송정한 의원의 딸에게 막대한 뇌물을 줬다고 말하라는
것.

　당연히 권우설은 처음에는 거절했다. 그도 정치의 한복판
에 서고 싶지는 않았으니까.

　하지만 그런 권우설의 거절에 조양태라는 검사가 나지막
하게 말했다.

　"살고 싶으면 고개를 숙일 때도 있어야 하는 거야."라고.

　그제야 그는 벗어날 수 없다는 사실에 절망했다.

　그나마 다행인 것은 그 조양태라는 검사가 말이 좀 통하는
사람이었다는 거다.

　그는 권우설에게 송정한의 가족에 대해 적당히 증언만 해
주면 사건을 중간에 무마해 주겠다고 확실하게 약속해 줬다.

　그래서 그렇게 하겠노라 약속했다. 송정한이 무섭기는 하
지만 그래도 자기는 살아야 하니까.

　그리고 오랜 경험상 검찰을 적으로 돌리면 한국에서 사는
게 불가능하다는 것쯤은 알고 있었다.

그런데 뜬금없이 다른 사람이 와서 죄를 캐기 시작한 것이다.

"왜 말 안 해? 아, 그래. 고개 뻣뻣하게 들고 버티겠다 이거지?"

"……."

"허? 이런 뻔뻔한 새끼. 그래, 끝까지 해보자, 이 새끼야."

오광훈은 으르렁거렸다.

"좋아, 가. 가라고. 하지만 다음번에는 인생이 참 골 때릴 거야, 이 새끼야."

오광훈은 일단 권우설에게 가라고 했다.

정식으로 영장이 나온 것도 아니고 그저 인지 수사가 시작된 단계인 만큼 강제로 잡아 둘 수는 없다.

오광훈의 말에 권우설은 뭐라고 하지도 못하고 힘없이 터벅터벅 검찰청을 걸어 나갔다.

그의 등 뒤로 그림자가 길게 늘어져 보였다.

⚖️

"아무것도 모르는 걸까? 왜 말을 안 하지?"

그 뒷모습을 자신의 사무실에서 지켜보던 오광훈은 눈을 찡그리며 말했다.

그 말에 언제 들어온 건지 모를 노형진이 답했다.

"말을 못 하는 거지."

"말을 못 한다라…… 하긴, 그렇겠네."

송정한을 조사하는 놈들이 바보도 아닌데 위증을 부탁하면서 잘 부탁한다고 인사만 하지는 않았을 거다.

"협박은 기본으로 깔았겠네."

"그래. 문제는, 검찰의 협박은 충분히 실행될 수 있다는 거야."

그러니까 권우설은 말을 못 하는 거다. 분명 어디에서도 관련해서 말하지 말라고 협박당했을 테니까.

말하는 순간 그는 검찰에게 찍혀서 그냥 인생 종 치는 거다.

"저쪽은 인지 수사라고 말할 수도 없을 테니까."

그냥 협박인 거지 인지 수사라고 할 수는 없다. 수사를 시작했다는 기록도 당연히 없을 테고 말이다.

"그런데 이러면 위험한 거 아냐?"

오광훈은 멀어지는 권우설을 보다가 걱정스럽게 물었다.

"뭐가?"

"저 새끼, 여기서 나가면 바로 조양태인지 먹태인지 생태인지한테 전화할 것 같은데."

노형진은 그 말에 고개를 끄덕거렸다.

"당연하지."

"그래도 괜찮아?"

"괜찮은 정도가 아니지."

노형진의 목소리에는 자신감이 가득했다.

"그게 내가 원하는 거라고, 후후후."

다음 권으로 이어집니다

武人還生

윤신현 신무협 장편소설　무인환생

끝나지 않는 환생의 굴레
이번엔 마지막 여정이 될 수 있을까?

죽으면 새로운 육체로 다시 시작되는 삶!
천하제일인? 무림황제?
무인으로서 할 수 있는 건 다 해 봤건만……

"또야? 또냐고!"
"대체 왜 자꾸 환생하는 거야!"

어떤 삶도 대충 살았던 적은 없다
오로지 나를 위해 살아왔지만
이번엔 다른 이들과 함께 살아가 볼까?

수백 번의 환생 경험치로
절대자의 편안한(?) 무림 생활이 펼쳐진다!

꿈의 도약, 로크에서 하십시오
(주)로크미디어에서 신인 작가를 모십니다

즐거운 세상, 로크미디어는 꿈을 사랑하고 도전을 두려워하지 않는 작가 분들의 참신한 작품을 기다리고 있습니다. 21세기 장르 문학계를 이끌어 갈 차세대 선두 주자 (주)로크미디어에서 여러분의 나래를 활짝 펴 보시길 바랍니다.

모집 분야 판타지와 무협을 포함한 장르 문학
모집 대상 아마추어 작가, 인터넷 작가
모집 기한 수시 모집
작품 접수 시 유의 사항
1. 파일명은 작가명_작품명.hwp형식을 갖춰 주십시오.
1. 파일에 들어갈 내용은 다음과 같습니다.
    ─ 성명(필명인 경우 실명을 밝혀 주세요), 연락처, 이메일 주소
    ─ 제목, 기획 의도
    ─ A4용지 1장 분량의 등장인물 소개
    ─ A4용지 2장 분량의 전체 줄거리
    ─ 본문
1. 작품이 인터넷에 연재되고 있다면, 게시판명과 사이트의 구체적이고 정확한 주소를 기재해 주십시오.

선택된 작품은 정식 계약 후 출판물로 간행되어 전국 서점에 유통됩니다.
작가 분은 (주)로크미디어의 전폭적인 지원하에 전속 작가로 활동하시게 됩니다.
※ 자세한 내용은 로크미디어 홈페이지(rokmedia.com)를 참조하세요.

(04167)서울시 마포구 마포대로 45 일진빌딩 6층
(주)로크미디어 편집부 신간 기획 담당자 앞
전화 : 02) 3273-5135
www.rokmedia.com   이메일 : rokmedia@empas.com

우리 교황님 좀 말려주세요

판미손 퓨전 판타지 장편소설

비정상 교황님의
들도 보도 못한 전도(물리) 프로젝트!

이세계의 신에게 강제로 납치(?)당한 김시우
차원 '에덴'에서 10년간 온갖 고생은 다 하고
겨우 교황이 되어 고향으로 귀환했건만……

경고! 90일 이내 목표 신도 숫자를 달성하지 못할 시
당신의 시스템이 초기화됩니다!

퀘스트를 달성하지 못하면 능력치가 도로 0이 된다고?
그 개고생, 두 번은 못 하지!

"좋은 말씀 전하러 왔습니다, 형제님^^"
※주의※ 사이비 아닙니다, 오해하지 마세요!

망한 가문의 검술 천재가 되었다

소구장 퓨전 판타지 장편소설

역사에서도 잊힌 비운의 검술 천재
최강의 꼰대력으로 무장한 채
후손의 몸으로 깨어나다!

만년 2위 검사 루크 슈넬덴
세계를 위협하던 마룡을 물리치며
정점에 이른 순간

이대로 그냥 죽어 다오, 나를 위해서.

라이벌인 멀빈 코넬리오에게 목숨을 잃……
……은 줄 알았는데,
200년 후의 몰락한 슈넬덴가에서 눈뜨다!
가족이라고는 무기력한 가주, 망나니 1공자뿐
망해 버린 가문을 살리기 위해
까마득한 조상님이 팔을 걷었다!

설풍 같은 검술, 그보다 매서운 독설로
슈넬덴가를 정점으로 이끌어라!